Haruki
Murakami

神的孩子全跳舞

神の子どもたちはみな踊る

［日］ 村上春树 著

林少华 译

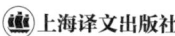
上海译文出版社

目录

地震所引起的或之于村上的地震　　　　001

UFO 飞落钏路　　　　*001*

有熨斗的风景　　　　*027*

神的孩子全跳舞　　　　*052*

泰国之旅　　　　*076*

青蛙君救东京　　　　*100*

蜂蜜派　　　　*128*

地震所引起的或之于村上的地震

　　1995 年对于日本是色调极为灰暗的一年。除了经济仍在泡沫经济破灭后的萧条谷底喘息不止，还连续遭受了战后最惨重的天灾人祸。1 月发生神户大地震（日本称"阪神大震灾"），3 月发生东京地铁沙林毒气事件。地震摧毁了日本抗震施工技术的神话，"毒气"终结了日本社会安全的神话。加上经济发展神话的破灭，使得 1995 年成了日本战后最没神话的三百六十五天。

　　神户大地震是 7.2 级强烈地震，发生于 1 月 17 日清晨 5 时 46 分。也就是说，灾难在大部分市民仍在睡梦中突然降临，加之发生在人口稠密的神户市区及其周边地带，损失十分惨重：房屋倒塌十万间，三十万人无家可归，死亡人数最后超过六千四百人。高速公路拧"麻花"，新干线铁路由于桥墩倒塌成了悬空索道。由于救援部队路上受阻和物资运输不畅，压在建筑物下面的人得不到及时救助，缺粮少水，啼饥号寒，《每日新闻》形容说"状况简直同刚刚战败时无异"。

村上春树虽然生于京都，但出生不久就举家迁到神户附近的西宫市，就读的高中在神户市区，可以说是在神户长大的，神户是他的故乡。地震发生时他在美国，从美国东部的塔夫茨大学打电话给住在神户的父母，得知父母平安无事，但房子被毁，遂安排父母住进京都附近的一座公寓楼。3月间利用学校春假临时回国两个星期，也并没有回神户看看。正式回国后，9月倒是为地震后的故乡做了一件善事——为募捐在神户市和芦屋川市图书馆举行作品朗读会（朗读自己的短篇小说《盲柳，及睡女》）。会上他也显得相当轻松，调侃说："我虽然不擅长在人前讲话，但毕竟是普通人，只是因为一没有演技二不会讲话而不太抛头露面罢了。被人拍照我是不愿意的，倒也不是说一拍照就暴跳如雷或咬掉小拇指什么的。"（《群像日本作家·村上春树》，小学馆1997年5月版）

不过这并不意味他不关注这场故乡大地震。地震无疑震撼和伤害了他，促使他进一步思考日本的历史和现实社会问题，进而促使

| 地震所引起的或之于村上的地震 |

他从一个彻头彻尾的个人主义作家转变为具有社会责任感的知识分子。

我认为，1995年初发生的两起事件，乃是改变战后日本历史流程（或强有力表明其转向）的事件。这两起事件显示我们生存的世界早已不是坚固和安全的了。我们大多相信自己所踏大地是无可摇撼的，或者无需一一相信而视之为"自明之理"。不料倏忽之间，我们的脚下"液状化"了。我们一直相信日本社会较其他国家安全得多，枪支管制严厉，恶性犯罪发生率低，然而某一天突然有人在东京的心脏部位、在地铁车厢内用毒气大肆杀戮——眼睛看不见的致命凶器劈头盖脸朝上班人群袭来。

无须说，前者是无可回避的自然现象，后者是人为犯罪行为。从原理上说，二者之间有很大区别，但绝不是无关的。奥姆真理教的教主麻原彰晃受阪神大震灾的启发而相信或在这种妄想驱使下认为此时正是摇撼日本这个国家的地基或碰巧加以颠覆的良机，为此策划了地铁沙林毒气攻击战。二者无疑具有

003

因果关系。

(《村上春树全作品1990—2000》第3卷解题，讲谈社2003年3月版）

从中不难看出村上就这两起事件非同一般的思考深度和忧患意识。其思考和忧虑的中心显然是其"地下性"——地震来自地下高温岩浆的活动造成的地层错位，地铁沙林毒气事件也发生在地下。尽管深度、位置和性质不同，但"一切都是在我们不知晓的时间里在地下黑暗场所花时间悄然安排和决定好了的"，绝非偶然发生的巧合事件。为了探明和发掘这种"地下性"，村上首先整整用一年时间实际采访六十二名毒气事件受害者写了纪实文学《地下》(Underground)，接着又采访施害者写了其续篇《地下2 应许之地》(The place that was promised)。此后村上无论如何都想写一部关于神户大地震的书，觉得只有将两起相继发生的灾难结合起来写，才能对日战后五十年这段历史有个完整的交代。"归根结底，这是一对巨大的不吉利的里程碑。"但他在心情上难以继续采用非虚构(Nonfiction)手法。一来神户是他长大的地方，有难以磨灭的记忆，有不少熟人，实际去那里采访会有沉重的心理负担。二来他想

| 地震所引起的或之于村上的地震 |

以迥然不同的切入点述说这次大地震。2000年初他在接受作家大锯一正 E-mail 采访时这样说道：

写这部短篇集时我的念头首先是：

1）写1995年2月发生的事；

2）一律采用第三人称；

3）篇幅控制在四十页原稿左右（较以往略短）；

4）让各种各样的人物出场；

5）虽然大的主题是神户地震，但不以神户为舞台，也不直接描写地震。

过去我从未制定如此具体的细则来写系列性短篇小说，在这个意义上，"结果上"或许可以说是对自己的一个挑战。但实际写作当中，倒也没怎么产生挑战性心情，莫如说游戏性质的好奇心更强一些，即要在自己设置的一个框架内尝试各种素材和手法。在这样的意义上，可谓一件富有刺激性的工作，而且在相当短的时间里就把六篇写了出来，有一种充分征用迄今未曾动用的肌肉的物理性（physical）手感，并且预感这种手法有可能带入下一篇长篇小说。

(《EUREKA》临时增刊"村上春树解读特辑",2000 年 3 月)

具体说来,六个短篇是 1999 年六七月间集中创作的,前五篇发表于《新潮》文学月刊,2000 年加入新写的《蜂蜜派》以《神的孩子全跳舞》为书名结集出版。的确,若不仔细看,很难看出作品与地震有多大关系,甚至地震两个字出现次数都不多。时间固然一律设在地震发生的 1995 年 2 月,但作品主人公都远离地震发生现场,甚至远在同地震以至日本不相干的泰国,如实描写地震的场景几乎无从找见——经验性世界被观念性世界所置换,现实的地震图像被虚拟的心中图像所替代。换言之,地震被村上从神户移植到了主人公心里,大地的裂纹和空洞成了心田的裂缝和空洞。亦即,地震在村上笔下成了用以表达作家"隐藏的动机"或主人公心魂的道具。那么,村上到底想用地震传达什么呢?地震给小说的主人公们带来了什么或者地震之于村上意味着什么呢?有一点是非常明确的:地震没有给他们带来任何肉身和财产的损失,也没有给他们的亲人带来伤害。因此,地震带来的只能是精神和心理方面的无形影响。

| 地震所引起的或之于村上的地震 |

哈佛大学教授杰伊·鲁宾（Jay Rubin）认为这部小说集是村上最为"传统"的一部小说集，"它探索的是处于现实环境中的现实之人的生活，那些外在的生活虽无可挑剔但内心总有一种不满足的人以及就要有某种毁灭性发现的人"。这里所说的"不满足"和"毁灭性发现"，基本可以概括为"空虚"和幻灭感。

在《地震之后》（即《神的孩子全跳舞》这部短篇集——笔者注）中他检讨了日常生活的每一条纹理。结果就是1990年代中期日本人的一幅阴郁的全景图，而大地震成为将他们唤醒的号角，使他们认识到生活于一个大部分人（泡沫经济破裂之前）钱包里虽有了更多的钱却不知道该怎么花的社会中，他们的人生是何等的空虚。

（中略）

《地震之后》中的中心人物住得都远离那次大灾难的发生地，地震的情况他们都只是从电视或报纸上看到的。但对于每个人而言，这次由大地本身释放出来的巨大的破坏变成了他们人生的转折点。他们被迫直面那与生俱来、在内心深处蛰伏了多年的空虚。

(杰伊·鲁宾《倾听村上春树——村上春树的艺术世界》，冯涛译，上海译文出版社 2006 年 6 月版，原书名为"Haraki Murakami and Music of Words")

文艺批评家福田和也大体持同一观点，认为"地震使得这部短篇集中的所有出场人物认识到了自己此前不曾自觉的空虚、浮游感和封闭的心"。(福田和也《现代文学》，文艺春秋 2003 年 2 月版)

应该说，地震给人们带来空虚和幻灭之感是极为正常的。脚下坚实的大地忽然开裂变形，牢固的建筑物忽然土崩瓦解，鲜活的男女忽然失去性命，积累的钱财、获取的权势、赢得的名声因之不为己有——面对这一切，有谁能不痛感大自然力量的势不可挡和人类及其营造物的不堪一击滑稽可笑呢？有谁能不哀叹生命的脆弱和人世的无常呢？理所当然，村上这六篇小说，尤其前两篇主要流露的就是这种鲁宾所概括的"空虚"，或者称之为心之裂缝、空洞也未尝不可。但又不尽如此。总的说来，我认为其中既弥散着空虚和幻灭之感，又透示出对空虚和幻灭的一步步超越。而超越更是这部短

| 地震所引起的或之于村上的地震 |

篇集的主题。换个说法，作者"隐藏的动机"乃在于开列如何超越的处方。因此，作为"关键词"，作品既有空虚、空壳、憎恨、暴力等负面字眼，又有自由、沟通、光明、爱和决心等正面语汇。而且随着篇名的依序更迭，由负而正呈明显递进趋势，负越来越少，正越来越多。最后终于走出地震的阴影，走出心灵的空洞，完成超越，获得再生。

《UFO飞落钏路》倒是一开始就在电视上推出了地震场面：大楼分崩离析，商业街灰飞烟灭，道路拦腰折断。主人公小村的太太守在电视机前，从早到晚不吃不喝看个没完。五天后小村回家时只见到太太留下的纸条："再不想回这里了。"不久小村请了一个星期带薪假，受同事之托把一个盒子带去钏路交给这位同事的妹妹圭子。住处安顿好后，小村试图同圭子的朋友岛尾结合，却因满脑袋都是地震场景而未如愿。小村问起那个盒子装的什么，岛尾说装的是他的"实质性内容"。小村愕然，随即发觉已经站在凶险的暴力边缘。

显然，即使地震不是小村太太离家出走的根本原因，也无疑是一个契机。因为地震图像促使她意识到了婚姻生活的空虚："问题

009

是你什么也没给予我——妻写道——再说得清楚点,你身上没有任何足以给我的东西。你诚然温柔亲切英俊潇洒,可是和你一起生活就好像同一团空气在一起。""一团空气"意味被掏空"实质性内容"的空虚状态。那么"实质性内容"去了哪里呢,岛尾告诉小村被装在了他带去钏路的盒子里。不同一般的是,床上性事是作为女性的岛尾提议的,一个原因是"明天没准发生地震……谁都不晓得会发生什么"。而小村败下阵去,却也是因为地震,因为满脑袋地震图像的干扰。也就是说,三人都因为地震而意识到了生活的空虚、人生的空虚以至特定行为的空虚。结果,小村太太离家而去,岛尾要及时享乐,小村则品尝不举之苦。就连咖啡也不是作为实物,"而是作为符号存在于此",公路两旁的积雪也如"废弃不用的词语"乱七八糟堆在那里。总之,地震成了空虚与充实之间的转折点、人生的转折点。这个短篇作为第一篇,总的说来还停留在提出空虚和展示空虚这一层面。村上大概意犹未尽,在第二篇再次凸显同一主题。

《有熨斗的风景》指的是男主人公三宅画的一幅画。三宅因喜欢在海边捡漂流木鼓捣篝火而独自从神户来到"芝麻粒大的"偏僻

| 地震所引起的或之于村上的地震 |

的海边小镇住下。即使太太和两个小孩所在的神户老家发生大地震也丝毫不以为意，明确表示与己无关。和男朋友同居的顺子也喜欢篝火。2月一天深夜接得三宅电话后，她又去海滩看三宅生起篝火。三宅告诉顺子他经常做梦，梦见被关在电冰箱里死掉，在漆黑窄小的电冰箱里痛苦挣扎着一点一点慢慢死去。甚至梦见电冰箱里忽然伸出一只手，抓住自己脖颈使劲拖入其中。顺子则说自己是个空壳，"彻头彻尾空壳一个"，宁愿在篝火旁边靠在三宅身上一起死去。

在这里，空虚进一步发展，人成了"空壳""彻头彻尾空壳一个""真的空无一物"。不过值得注意的是，作者同时提出了有别于空虚的"自由"。三宅为什么那么憎恶和惧怕电冰箱呢——他从来不用电冰箱，家里也没购置——其原因可以归结为电冰箱是自由的对立面，又黑又小又冷的空间彻底限制人的自由；而他所以对篝火近乎病态地喜欢，是因为他认定火是自由的——"火这东西么，形体是自由的。因为自由，看的一方就可以随心所欲看成任何东西。假如你看火看出幽幽的情思，那么就是你心中的幽思反映在了火里"。他所以置地震发生地的妻儿于不顾，未尝不能理解为他把自由看得高于一切。在这个意义上，电冰箱是不自由的象征，篝火是自由的隐喻。不管怎么说，向往自由总比陷入空虚前进了一大步——地震的沉沉阴影中开始闪现一缕希望之光。

第三篇为《神的孩子全跳舞》。主人公善也的母亲很漂亮，上高中时同几个男人有过性交往，交往时间最长的是为她做过堕胎手术的没有右耳垂的妇产科医生。尽管当时避孕做得无懈可击，然而她还是怀孕了，生下的男孩儿就是善也。医生不承认自己是孩子的生父，因此善也是在没有父亲的家庭环境中长大的。母亲告诉他是神的孩子。长到二十五岁的善也一次乘地铁时看见一个没有右耳垂的瘦削男子，凭直觉认定此人即是自己生物学上的父亲，于是下车跟踪追去。追到棒球场铁丝网外的小胡同时，男子消失在漆黑的夜色中。善也走进棒球场跳起舞来。跳着跳着，蓦然想到脚下大地深处有不吉利的低吼，有足以摧毁整座城市的地震之源。

令人意外的是，作者似乎有意将地震的起因归罪于主人公对母亲可能有过的乱伦邪念："善也想到远在毁于地震的城市的母亲。假如时间恰巧倒流，使得现在的自己邂逅灵魂仍在黑暗中彷徨的年轻时的母亲，那么将发生什么呢？恐怕两人将把混沌的泥潭搅和得愈发浑融无间而又贪婪地互相吞食，受到强烈的报复。管他呢！如此说来，早该受到报复才是，自己周围的城市早该土崩瓦解才是。"一言以蔽之，即地震可能源于人性中的恶。从这里边或可多少看出日本启蒙主义知识分子因地震受到的强烈冲击。在启蒙主义者看来，世界的本质是善的（一如主人公"善也"之名）。既然如此，那么为什么发生地震这样的巨大灾难呢？好在村上在这里已不再重复空虚这一主题。相反，他开始强调"心"的重要和交流的可能："我们的心不是石头。石头迟早也会粉身碎骨，面目全非。但心不会崩溃。对于那种无形的东西——无论善还是恶——我们完全可以互相传达。"

第四篇《泰国之旅》，就可读性来说，我觉得这篇和下一篇《青蛙君救东京》是最有可读性的。下一篇异想天开，富有动感，这篇娓娓道来，安然静谧。女主人公早月是研究甲状腺的病理医生，去泰国参加世界甲状腺大会。会后在泰国度假一星期。一位叫尼米特的泰国出租车司机兼导游把她领到穷村子一个快八十岁的老女人那里。老女人握住她的手盯视她的眼睛，十分钟后告诉她"你体内有一颗石子"，还说她持续恨了三十年之久的那个住在神户的男人没有在地震中死去，"那个人没死……这或许不是你所希望的，但对你实在是幸运的事。感谢自己的幸运！"回程路上，尼米特劝她要慢慢做死的准备才行："若在生的方面费力太多，就难以死得顺利。必须一点点换挡了。生与死，在某种意义上是等价的，大夫。"

这里有个疑问：早月持续恨了三十年之久并且盼望对方痛苦不堪地死去的那个男人到底是谁呢？文学评论家、明治学院大学教授加藤典洋推断是早月的继父："早月的母亲在早月的父亲死后开始同别的男人交往或者再婚。那个男人有可能凌辱了作为继女的早月，致使早月怀孕和堕胎。早月强烈憎恶这个继父或继父性质的人物，高中毕业后即离家出走，再未回去。"（加藤典洋编著《村上春树PART2》，荒地出版社2004年5月版）那么，早月为"那个人"没有死于地震而"感谢自己的幸运"了么？小说没有明说，但小说结尾至少暗示了不再憎恨的可能："她想睡一觉。反正要先睡一觉，然后等待梦的到来。"这里所说的梦，应该就是老女人所说的梦，希望梦见一条大蛇把自己体内的石子吞下去。言外之意，一味憎恨是不可取的，而要寻找解脱的办法。这个意义上，这篇小说已开始

| 地震所引起的或之于村上的地震 |

探索从地震中再生的途径。其中关于"自由魂的故事"也流露了这种积极取向。

《青蛙君救东京》是六个短篇中与地震最有关的一篇，而故事却最为怪诞。主人公片桐是一个其貌不扬的普通银行职员。下班回来一进宿舍，但见一只立起高达两米的巨大青蛙君正在等他，声音朗朗地告诉他三天后东京将发生大地震："高速公路四分五裂，地铁土崩瓦解，高架电车翻筋斗，煤气罐车大爆炸，大部分楼房化为一堆瓦砾，把人压瘪挤死……死者十万人哟！"地震的原因在于地底下一只无比巨大的蚯蚓因长年累月吸纳种种仇恨而身体空前膨胀，加之上个月的神户大地震惊扰了它的睡眠，致使它马上就要皲肚皮，"一皲肚皮就地震"。于是青蛙君要求片桐和它一起钻到地下同蚯蚓战斗，阻止地震发生。当片桐以自己平庸无能为由拒绝时，青蛙君口口声声说他是一位真正的男子汉，整个东京城只有他是最可信赖的战友。最终片桐帮助青蛙君战胜了邪恶的蚯蚓，使东京免遭灭顶之灾。

对这篇小说评价最高的是东京大学教授沼野充义，他以《活过世纪末的决心》为题在《每日新闻》（2000年3月12日）撰文，称赞这是一篇"将村上春树特有的轻快的童话笔调、文学情趣和骇人听闻的幻想巧妙熔于一炉的杰作"。不错，这确是一篇奇思妙想之作。但更难得的是主人公以自己的"平庸"对抗蚯蚓所象征的强大邪恶势力的决心。这里已全然没有第一、二篇中的空虚和幻灭之感，而表现出"富有勇气的男子汉"战斗姿态。同时进一步强调了第三篇《神的孩子全跳舞》中点出的心的作用。小说引用尼采的话："最高的善之悟性，即心不存畏惧。"而片桐所以为青蛙君所打动，也是因为青蛙君的表情和语气有一种"直透人心的真诚"。小说甚至出现了"光明"字样——青蛙君之所以最终战胜了蚯蚓，是因为片桐用自己带来的脚踏发电机往黑暗中倾注了"最大限度的光明"。在一场"光明与黑暗的肉搏战"中，光明占了上风。换个角度，也可以说在"平庸"与强势邪恶的战斗中，平庸获得了胜利。这一主题在后来的《海边的卡夫卡》得到充分发展。

顺便说一句，主人公一回家就见到青蛙君，同《奇鸟行状录》第二部第14节中"我"第一次见牛河相比，二者无论场面描写还是对话及其气氛都有异曲同工之妙。

最后一篇是《蜂蜜派》。"蜂蜜派"来自作为小说家的主人公淳

| 地震所引起的或之于村上的地震 |

平给小女孩儿沙罗讲的童话：有一只熊是采蜂蜜的高手，蜂蜜多得吃不完也卖不完。沙罗听了，出主意说干嘛不做蜂蜜派卖呢？卖蜂蜜派肯定更让城里人高兴。淳平同沙罗的父亲高槻、母亲小夜子是大学同学，三人相当要好。淳平很喜欢小夜子，却被高槻捷足先登，可惜两人结婚不出几年就离婚了。淳平所以给沙罗讲蜂蜜派故事，是因为沙罗总是梦见"地震人"。"地震人"要把沙罗装进小箱子，沙罗被吓醒哭个不停。于是小夜子半夜把淳平叫来哄她。淳平本来为是否向小夜子求婚犹豫不决，在看到小女孩因地震遭受痛苦之后，终于下定决心："天光破晓，一片光明，在光明中紧紧地拥抱心爱的人们——就写这样的小说，写任何人都在梦中苦苦期盼的小说。但此刻必须先在这里守护两个女性。不管对方是谁，都不能允许他把她们投入莫名其妙的箱子——哪怕天空劈头塌落，大地应声炸裂……"

六篇小说的主人公们在经历空虚、幻灭、求索、跳舞、憎恨、困惑、抗争、战斗之后，最后在《蜂蜜派》中找到了终极性光明和出口：爱，只有爱才能使遭受重创的心灵获得再生，才能使人走出地震心理阴影。这样，隐约流经小说集的主题在最后一篇得到了升华。村上本人在前面提及的《村上春树全作品 1990—2000》第 3 卷解题中的概括性说法也多少印证了这一点：

> 泡沫经济破灭、强烈地震摧毁城市、宗教团体进行无谓而残忍的大量杀戮、一时光芒四射的战后神话看上去一个接一个应声崩溃，在这种情况下，我们必须静静站起寻求应该存在于某处的新的价值——这就是我们自身的形象。我们必须继续讲述我们自身的故事，其中必须有给我们以温情鼓励的类似 moral（道德）那样的东西。这是我想描绘的。当然不是 message（传达），而是我写小说时的一种大致的心情。假如我不写《地下》，或许我就不会强烈怀有这样的心情。在这个意义上，《地下》的写作是之于我的一个里程碑，《神的孩子全跳舞》可以说是跨过这个里程碑之后的新的一步。

不过，就艺术性来说，或许由于作者的主观意图过于强烈的关系，小说多少给人以某种既成观念之图解的印象，加之语言同此前作品相比有不无生涩之处，以致在一定程度上冲淡了作品的艺术美感和文学韵味,尤其对读惯了村上以往作品的读者来说。

林少华
2009 年 2 月 28 日于窥海斋
时青岛阳光朗照云淡风轻

"丽莎,昨天到底发生了什么?"

"发生了发生的事。"

"那太不像话了,太惨无人道了!"

——陀思妥耶夫斯基
《鬼》

广播新闻：美军有不少人战死，而越南南方民族解放阵线方面也有一百一十五人阵亡。

女："无名这东西真是可怕。"

男："你说什么？"

女："光说游击队死了一百一十五人是什么都搞不清楚的。根本不知晓具体每个人的情况——有没有妻子儿女，喜欢戏剧还是更喜欢电影，全都一无所知。只知道死了一百一十五人。"

——让-吕克·戈达尔

《狂人皮埃罗》

UFO[1]飞落钏路[2]

五天的时间,她每时每刻都是在电视机前度过的。银行和医院的大楼土崩瓦解,商业街灰飞烟灭,铁路和高速公路拦腰折断——她只管默默地盯视着这一系列画面[3]。她深深沉进沙发,双唇紧闭,小村跟她说话她也不应声,头都没摇没点一下,甚至说话声是否传入她耳朵都无从得知。

妻是山形[4]人,据小村所知,神户近郊她一个亲戚一个熟人也没有。然而从早到晚,她一直守着电视不放。至少在自己注意她的时间里,她没吃没喝,卫生间都没去。除了不时用遥控器换一下频道外,动都没动一下。

小村自己烤面包,喝罢咖啡上班。下班回来,妻仍以早上那个姿势坐在电视机前。他只好自己动手,用电冰箱里的东西简单做晚饭吃了。他睡觉时，她依然盯着午夜新闻不放。沉默的石墙把她团团围住。小村只好作罢，招呼都懒得打了。

五天后的星期日，他按平日时间下班回来时，妻已不知去向了。

小村在秋叶原[5]一家老字号音响器材商店做营销工作。他负责的是"尖端"商品，推销出去，可以提成加在工资里。顾客大多是医生、富裕的私营工商业者，以及地方上的有钱人。已经连续干了八年，收入一开始就不坏。经济生机勃勃，地价节节攀升，整个日本财源滚滚，每个人钱包里都塞满万元钞，都好像要一张接一张一花为快。商品总是价位高的卖得快。

小村身材瘦削颀长，穿着恰到好处，待人接物也好，独身时代跟为数相当不少的女性有来往。但二十六岁结婚之后，说来也怪，

---

1 unidentified flying object 之略，不明飞行物，飞碟。
2 日本地名，位于北海道。
3 指一九九五年发生在日本神户、大阪的大地震。
4 日本的县名。
5 东京著名的电器商店街。

性冒险方面的欲望竟一下子荡然无存，婚后五年未曾同妻以外的女性睡过觉。不是没有机会，可是他对萍水相逢的男女关系可以说已全然提不起兴致。他更想早早回家同妻慢慢吃饭，两人在沙发上说东道西，然后上床做爱。除此别无他求。

小村结婚时，朋友和公司同事无不——尽管程度有别——为之费解。小村相貌端庄，眉清目秀，而妻的长相委实平庸至极。不仅长相，性格也很难说有什么吸引力。寡言少语，总是一副不开心的样子。个头小，胳膊粗，显得甚是笨重。

然而，小村——其本人也不明究竟何故——同妻在一个屋檐下朝夕相处，就是有一种四肢放松舒心惬意之感。夜晚睡觉十分香甜，以往给怪梦扰醒的情形再未出现。勃起坚挺，做爱如胶似漆，不再为死和性病以至宇宙之大担惊受怕。

而妻那方面却讨厌东京逼仄的都市生活，想回山形老家，常常想念老家的父母和两个姐姐，想得不行时就一个人返回娘家。娘家经营旅馆，家境富裕，父亲又对小女儿疼爱有加，乐得出来回路费。这之前也有过好几次，小村下班回来时发现妻不见了，厨房餐桌上留下一张纸条，写道回娘家住一段时间。每次小村都毫无怨言，老实等她回来。一个星期或十来天过后，妻情绪恢复，打道回府。

不料，地震五天后她出走时，留下的纸条写着"再不想回这里了"，还简明扼要地写了她为何不愿同小村一起生活的理由。

问题是你什么也没给予我——妻写道——再说得清楚些，你身上没有任何足以给我的东西。你诚然温柔亲切英俊潇洒，可是和你一起生活，就好像同一团空气在一起。这当然不是你单方面的责任。能喜欢你的女性我想大有人在。电话也请不要打来。我剩下的东西请统统处理掉。

话虽这么说，实际上几乎什么也没剩下。她的衣服、靴、伞、筒形咖啡杯、吹风机，全部了无踪影，想必在小村上班之后通过快递公司什么的一股脑儿送走了。"她的东西"剩下来的，唯有购物用的自行车和几本书。CD架上"甲壳虫"和"比尔·伊文思"（Bill Evans）统统不翼而飞，那本来是小村在独身时代搜集来的。

第二天，他往山形妻的娘家试着打了个电话。岳母接的，说女儿不想和他说话。听语气，岳母倒似乎对他怀有几分歉意。还说文件随后寄出，希望他盖上印章尽快寄回。

小村说尽快也好什么也好，毕竟事关重大，要让他考虑考虑。

"问题是你再怎么考虑，我想情况也是丝毫改变不了的。"岳母说。

小村也认为恐怕是那样。再怎么等，再怎么考虑，事情也是无可挽回的了。这点他一清二楚。

文件盖好印章寄回不久，小村请了一星期带薪休假。上司已大致晓得事情原委，加上反正二月是淡季，二话没说就同意了。看样子想说什么，但没有说。

"听说你请了假，是要做什么吧？"一个姓佐佐木的同事午休时过来问他。

"啊，做什么好呢……"

佐佐木比小村小三四岁，单身，短发，架一副圆形金边眼镜，多嘴多舌，又固执己见，不少人讨厌他。不过总的说来，同性格文静的小村还算投缘。

"好容易休一回假，就优哉游哉旅行一次如何？"

"呃。"小村应道。

佐佐木用手帕擦拭眼镜片，察言观色似的看小村的脸。

"这以前可去过北海道？"

"没有。"小村回答。

"有心思去？"

"怎么？"

佐佐木眯细眼睛清清嗓子："其实嘛，有个小件行李想送到钏路，要是你能给捎去就好了。你若答应，我自然感激不尽，往返机票钱我情愿出。那边你住的地方，也由我安排。"

"小件行李？"

"这么大，"佐佐木用双手比划出十厘米左右的立方体，"不重的。"

"和工作有关？"

佐佐木摇头道："这和工作毫无关系，百分之百的私事。怕别人粗手粗脚，所以才不愿意通过邮局或快递公司发送。可能的话，想找个熟人随身带去。本该我亲自送的，可实在挤不出去北海道的时间。"

"贵重物品?"

佐佐木略略扭起紧闭的嘴唇，点了点头："不过不是什么易碎品或危险品，不必神经兮兮，一般对待就行了。在机场过 X 光检查时也不会有什么问题。不添麻烦的。之所以不愿意邮寄，总的说来属于心情问题。"

二月的北海道肯定冷得要命，但冷也好热也好，对于小村已怎么都无所谓了。

"那么，东西交给谁呢?"

"我妹妹住在那边。"

小村压根儿没考虑过休假怎么过，而马上订计划又觉心烦，于是便允下来。不想去北海道的理由一条也没有。佐佐木当即给航空公司打电话，订了去钏路的飞机票。

翌日在单位里，佐佐木把一个用褐色包装纸包着的小骨灰盒样的东西交给小村。凭手感估计，盒子似乎是木制的。如其所说，几乎没什么重量。包装纸上面一道又一道地缠着宽幅透明胶带。小村拿在手上端详了一会儿，又试着轻轻晃了晃，无传动感，亦无声响。

"我妹妹去机场接你，你住的地方也已安排妥当。"佐佐木说,"手拿这个盒子——注意让她看见——出门站在那里不动就行了。用不着担心,机场没多大。"

临出家门,小村把佐佐木托带的盒子包进厚些的替换衬衫里,放在手提包正中。飞机比他预料的拥挤得多。小村不由纳闷:数九隆冬,这么多人从东京去钏路到底干什么呢?

报纸上依然连篇累牍地在报道地震。他坐在座位上看早报,边边角角都一一过目。死亡人数持续增加,多数地段仍无水无电,人们无处栖身,惨状接连呈现出来。但在小村眼里,那些细节竟那么抽象呆板,平平淡淡。所有反响都单调而遥远。多少能思考得来的,只有迅速远离自己的妻的事情。

他的眼睛机械地追逐着地震报道,时而想一下妻,又继续追逐。想妻想累了,看报也看累了,遂闭起眼睛沉入短暂的睡眠。醒来又思考妻。她何苦那么认真那么从早到晚废寝忘食地追逐电视上的地震报道呢?到底在那里看到了什么呢?

两个身穿同样款式同样颜色大衣的年轻女子在机场向小村打招

呼。一个皮肤白皙，高约一百七十厘米，短发，从鼻子到隆起的嘴唇之间距离长得出奇，令人联想起有蹄类短毛动物。另一个身高一百五十五厘米左右，除却鼻子过小之外，长相倒还过得去，齐肩长发笔直泻下，耳朵从中闪出，右耳垂有两颗痣。由于戴耳环的关系，痣格外显眼。两人看上去都二十四五。她们把小村领去机场一家酒吧。

"我叫佐佐木圭子。"个高的说道，"哥哥总是承您关照。这位是我的朋友岛尾小姐。"

"初次见面。"小村说。

"您好！"岛尾道。

"听哥哥说您太太新近去世……"佐佐木圭子神情有些异样。

"啊，并不是死了。"略一停顿，小村纠正道。

"可是哥哥前天电话中清楚地这么说的，说您刚刚没了太太。"

"哪里，只是离婚。据我所知，她仍好端端活在人世。"

"奇怪呀！这么关键的事该不至于听错才是。"

她脸上浮现出自己反倒因弄错事实而自尊心受损的表情。小村往咖啡里加了一点点糖，用咖啡匙静静地搅拌，喝了一口。很淡，没味儿。咖啡不是作为实物，而是作为符号存在于此的。自己在这种地方到底搞什么名堂呢？小村本身都觉得不可思议。

"不过肯定是我听错了。此外想不出别的解释。"佐佐木圭子似乎重新提起精神，大大地吸了口气，轻轻咬起嘴唇。"对不起，话说得太冒失了。"

"哪里，无所谓的，一码事。"

两人说话的时间里，岛尾一直面带笑容，默默地注视着小村。她似乎对小村怀有好感，从其神态和细小的举止中，小村看出了这点。沉默降临在三人之间，持续有顷。

"先把重要物品交给你吧。"说罢，小村拉开提包拉链，从滑雪用的贴身内衣里把同事托带的包裹取出。如此说来，本该把包裹拿在手上才对，小村想道，那是标记。两个女子是凭什么认出自己的呢？

佐佐木圭子伸出双手，在桌面上接过包裹，不动声色地看了一阵子，然后掂掂重量，又像小村当时那样在耳边轻摇几下，随即朝小村笑笑，像是表示没有问题，接着把包裹塞进大号挎包。

"有个电话非打不可,失陪一会儿不要紧吧?"圭子说。

"可以可以。当然,别客气。"小村应道。

圭子把挎包挎在肩上,朝远处一个电话亭走去。小村的视线跟了一会儿她的背影——上半身纹丝不动,单单腰部往下犹如机器一般夸张而又流畅地向前移动。见她如此走法,小村产生了一种奇妙的感觉,仿佛往日的某一光景不管三七二十一插了进来。

"以前来过北海道吗?"岛尾问。

小村摇摇头。

"远啊。"

小村点点头,环顾四周:"不过在这里这么一待,倒也不怎么觉得是到了远方。也真是奇怪。"

"飞机的关系,速度太快了。"岛尾说,"身体移动,意识却跟不上来。"

"有可能。"

"想上远处去吧?"

"好像。"

"因为太太不在了?"

小村点点头。

"可问题是，即使跑得再远，也逃不出自己本身。"岛尾说。

怅怅地注视着桌上砂糖壶的小村抬起脸来看她："是啊，你说的是。无论跑去哪里，也不可能从自己本身逃开。如影随形，永不分离。"

"你肯定喜欢太太的吧？"

小村避而不答。"你是圭子小姐的朋友？"

"是的。我们是同伴。"

"怎样的同伴？"

"肚子饿了吧？"岛尾没有回答问话，问起别的来了。

"饿不饿呢？"小村说，"既好像饿了，又似乎没到那个程度。"

"三个人吃点热乎东西去好了。热乎东西一落肚，心情就会放松下来。"

岛尾开车，一辆"斯巴鲁"牌小型四轮驱动车。从车座的凹陷度看，行车里数肯定超过二十万公里。靠背也明显塌了坑。佐佐木圭子坐在副驾驶，小村坐在狭窄的后排座。车开得倒不差，但后排座噪音十分刺耳，弹簧已相当有气无力。自动减速换挡一顿一顿的，空调器时断时续。闭上眼睛，竟陷入一种错觉，仿佛置身于洗衣机中。

钏路街上没有新的积雪，唯见路两旁脏兮兮硬邦邦的旧雪如废弃不用的词语乱七八糟地堆在那里。云层低垂，虽然日落还要等一会儿，但四周已完全黑了下来。风撕裂着黑暗，发出尖锐的呼啸。路上几乎不见行人。一片荒凉景象，信号灯都好像冻僵了。

"即使在北海道，这里也算是积雪少的地方。"佐佐木圭子扭过头大声介绍，"海岸地带，风大，积一点雪很快就给吹跑了。冷可是冷得出格，耳朵都能冻掉。"

"醉倒路边的人常有冻死的。"岛尾说。

"这一带可有熊出没？"小村问。

圭子看着岛尾笑道："喂，他问熊。"

岛尾同样忍俊不禁。

"对北海道不太了解。"小村自我辩解似的说。

"提起熊，倒是有则趣闻。"圭子说，"是吧？"她转向岛尾问。

"非常有趣。"岛尾附和道。

但谈话到此为止了,熊的事再未说起,小村也没再问。不久到了目的地,原来是一家紧靠路边的拉面馆。车开进停车场,三人走入店内。小村喝啤酒,吃热拉面。店里空空荡荡,又不卫生,桌椅全都摇摇晃晃。拉面是十分够味儿,吃完的时候,心情的确多少放松下来。

"在北海道有什么要办的事?"佐佐木圭子问,"听说你可以在这儿待一个星期。"

小村想了想,想不出有事要办。

"温泉如何?不想泡温泉舒服舒服?这附近有个很有乡下味儿的干净小温泉。"

"倒也不坏。"小村说。

"保你满意。好去处,又没有熊。"

两人对视一眼,再次好笑似的笑起来。

"我说小村,你太太的事问问可以吗?"圭子道。

"问好了。"

"太太什么时候出走的？"

"地震过去五天——已经两个多星期了。"

"和地震可有什么关系？"

小村摇头："我想没有。"

"不过，既是那种情况，不会在哪里有什么关联？"岛尾略略歪起头说。

"只是你不知道罢了。"圭子说。

"那种事也是有的。"岛尾接道。

"那种事？什么事？"小村问。

"就是——"圭子说，"我认识的人里边，也有那样的人。"

"你指佐伯？"岛尾问。

"嗯，"圭子说，"有个叫佐伯的人。住在钏路，四十光景，美容师。他太太去年秋天看见了UFO。半夜一个人在郊外开车时，发现原野正中落下一个蛮够大的UFO，'嗵——'，活像《第三类接触》(Close Encounters of the Third Kind)。一星期之后，她离家出走了。也不是家庭出了什么问题，反正就那么消失了，一去不复返。"

"再无下文。"岛尾说。

"原因在UFO？"小村问。

"原因不明。只是某一天扔下两个小孩——连张纸条也没留——不知去了哪里。"圭子说，"听说出走前一个星期逢人就说UFO，几乎说个不停。说有多大多大，说有多么漂亮，说来说去的。"

两个人等待着话语渗入小村的脑袋。

"我那里还算有张纸条。"小村说，"没有小孩。"

"那，多少比佐伯强点儿。"圭子说。

"毕竟小孩重要得很。"说着，岛尾点点头。

"岛尾的父亲是在她七岁的时候离家出走的，"圭子蹙起眉头道，"和圭子母亲的妹妹私奔了。"

"某一天突然发生的。"岛尾笑吟吟地说。

沉默降临。

"佐伯的太太估计不是离家出走，而是被外星人领走了。"小村像是在打圆场。

"那种可能也有。"岛尾一本正经地说，"常听人那么讲。"

"或者走路之间被熊吃了也不一定。"圭子接口道。两人又笑了起来。

走出拉面馆,三人往情爱旅店赶去。稍离开市区些的地方有一条街交替排列着墓石材料店和情爱旅店。岛尾找了一家把车开了进去。这是一座模仿欧洲城堡的奇特建筑,楼顶插一面三角形红旗。

圭子在服务台接过钥匙,三人乘电梯进入房间。窗口很小,床却大得傻里傻气。小村脱去羽绒夹克挂上衣架,进卫生间行方便。这时间里,两个女子手脚麻利地往浴缸里放水,调节灯光,确认空调,打开电视,商量外卖食谱,试按床头开关,查看电冰箱内容。

"一个熟人开的旅店。"佐佐木圭子说,"所以要了一个最大的房间。你也看见了,倒是情爱旅馆,不要介意。嗯,不介意的吧?"

不介意的,小村说。

"同站前窄小寒酸的商务酒店相比,我想还是住这里明智得多。"

"也许。"

"水放满了,洗澡可好?"

于是小村进去洗澡。浴缸宽宽大大，一个人进去简直有些发慌。料想来这里的人差不多都两人一块儿洗。

洗澡出来，佐佐木圭子不见了。岛尾一个人喝着啤酒看电视。

"圭子回去了，说有事忙着，明早来接你。嗳，我稍留一会儿喝喝啤酒可以吗？"

小村说可以。

"不觉得麻烦？想一个人待着？觉得和别人在一起心神不定？"

不麻烦，小村回答。他一面喝啤酒，拿毛巾擦头发，一面和岛尾一起看了一会电视节目。地震专题报道。还在重复那些画面：倾斜的楼房、崩裂的公路、流泪的老妇、混乱以及无处发泄的愤怒。到广告时间，她用遥控器把电视关了。

"好容易在一起，两个人还是聊点什么吧。"

"好好。"

"聊什么好呢？"

"车上你们两人谈熊了吧，"小村说，"关于熊的趣闻。"

"唔，熊的故事。"她点头道。

"什么故事,不能让我听听?"

"好的好的。"

岛尾从冰箱里拿出一瓶新啤酒,倒进两人的杯子。

"稍微有点色情,由我口中说出,你不会讨厌?"

小村摇摇头。

"因为有的男人讨厌那种故事。"

"我不是。"

"是我亲身经历的事,所以嘛,多少有点儿难为情。"

"可以的话,想听听。"

"那好,只要你说可以的话。"

"我不在乎。"

"三年前,当时我刚进短大[1],和一个男的交往。对方是个比我大一岁的大学生,让我第一次有性体验的人。和他一块儿去爬山来着,爬北边很远的山。"

岛尾喝口啤酒。

"时值秋天,熊进山来了。因为秋天的熊要为冬眠采集食物,

---

1 即短期大学,日本的二年制大学。

所以相当危险。人时常遭到袭击,三天前就有一个登山者受了重伤。当地人给我们一个铃,风铃大小的铃,告诉我们走路时要叮铃叮铃摇铃才行,那样熊知道有人来,就不出动了。熊不是想袭击人才袭击的。熊这东西是杂食动物,主要吃植物,几乎没什么必要打人的主意。在自己领地里突然碰见人,难免吓一跳,或者气恼,这才条件反射地向人发起攻击。所以,只要叮铃叮铃摇铃行走,对方就会躲开。明白?"

"明白。"

"这么着,我们两人就叮铃叮铃地在山道上走。走着走着,在没有人的地方他心血来潮地提出想干**那个**,我也并不讨厌,就说好呀。于是我们钻进山道旁边别人看不到的茂密树丛,随便铺了一块塑料布。但我怕熊。不是么,要是正干着给熊从背后扑上来咬死,那怎么得了?我可不愿意落得那么个死法。不那么认为?"

小村表示赞同。

"因此,我们一边一只手摇铃一边干那个。自始至终,一直叮铃叮铃的。"

"哪个摇?"

"轮流。手摇累了，就换一次，再累了再换。心里怪怪的。哪有一个劲儿摇铃做爱的呢！"岛尾说，"如今正做爱的时候都时不时想起那时的情景，忍不住笑。"

小村也笑了笑。

岛尾拍了几下手道："这下好了，你也是会笑的么！"

"那当然。"小村说。不过想起来，是好久没笑了。上次笑是什么时候来着？

"嗳，我也洗个澡好不？"

"请。"

她洗澡的时间里，小村看电视里一个粗声大气的喜剧演员主持的娱乐节目。半点儿娱乐性都没有。至于是节目的原因还是自己的原因，小村无从判断。他喝着啤酒，拿出冰箱里的一袋坚果打开吃了。岛尾洗澡时间相当之长，出来时仅用浴巾围起胸部，在床上坐下。随即拉掉毛巾，猫也似的一骨碌缩进被窝，径直盯住小村的脸。

"嗳，小村，最后一次同太太做爱是什么时候？"

"我想是去年十二月底。"

"那以后没干?"

"没干。"

"和任何人?"

小村闭目点头。

"我在想,时下的你所需要的,应该是痛痛快快换个心情,干干脆脆享受人生。"岛尾说,"不是么?明天没准发生地震,没准给外星人领走,没准被熊瞎子吃掉。谁都不晓得会发生什么。"

"谁都不晓得。"小村重复一句。

"叮铃叮铃。"岛尾道。

尝试了几次,终归没有结合成功,小村只好作罢。这在小村还是头一遭。

"怕是想太太了吧?"岛尾问。

小村"嗯"了一声。不过说实话,小村脑海里有的只是地震光景。就像幻灯片,一幅浮上来,一幅撤下去,又一幅浮上来,一幅撤下去。高速公路、火、烟、瓦砾堆、路面裂缝。无论如何他也无法切断这些无声的图像链。

岛尾把耳朵贴在小村裸露的胸口。

"那种情况也是有的。"她说。

"噢。"

"我想最好别放在心上。"

"尽量不放在心上。"小村说。

"话虽那么说,可还是放在心上,男人嘛。"

小村默然。

岛尾轻轻捏弄小村的乳头。"嗳,你说你太太留下纸条来着?"

"说过。"

"纸条上写的什么?"

"写着跟我生活就像跟空气块儿生活。"

"空气块儿?"岛尾歪过脖子看小村的脸,"什么意思呢?"

"我想是说没有实质性内容。"

"你没有实质性内容?"

"或许没有。弄不清楚。她说我没有,可究竟什么是实质性内容呢?"

"是啊。如此说来,实质性内容到底是什么呢?"岛尾说,"我的母亲特喜欢大马哈鱼的皮，常说若大马哈鱼光是皮就好了。所以，没有实质性内容更好，那种情况可能也是有的。是不？"

小村想象光是皮的大马哈鱼。问题是，就算有光是皮的大马哈鱼，但这样岂不是说那种大马哈鱼的实质性内容就是**皮本身**么？小村做起深呼吸来，岛尾的脑袋随之大起大落。

"跟你说，有没有实质性内容我是不太清楚，不过你这个人可是非常不错。能够好好理解你喜欢你的女人，世上肯定多得不得了。"

"这个也写了。"

"太太的纸条上？"

"是的。"

"唷。"岛尾似乎有些兴味索然，耳朵重新贴在小村胸口。感觉上耳环像是秘密的异物。

"对了，我带来的那个盒子，"小村说，"内容到底是什么呢？"

"介意？"

"这之前没介意，可现在不知为什么竟有些放不下，不可思议。"

"什么时候开始的?"

"刚刚。"

"一下子?"

"意识到时,一下子……"

"为什么一下子介意上了呢?"

小村盯着天花板沉吟片刻,"为什么呢?"

两人倾听了一会呼啸的风声。风从小村不知晓的地方赶来,朝小村不知晓的地方刮去。

"那个嘛,"岛尾悄声说道,"那是因为你的实质性内容装在了盒子里。你浑然不觉地把它带来这里亲手交给了佐佐木,所以你的实质性内容再也回不来了。"

小村爬起身,俯视岛尾的脸庞。小鼻子,有痣的耳朵。心脏在深深的沉默中发出大而干涩的声音。弯起身体,骨节便吱呀作响。刹那间,小村发觉自己正站在势不可挡的暴力的悬崖峭壁之上。

"开个玩笑!"岛尾看着小村的脸色说,"随想随说罢了。拙劣的玩笑,抱歉。别介意,没打算伤害你的。"

小村镇定下来，环视房间，把头重新埋进枕头，闭目合眼，深深呼吸。床大得如夜幕下的海铺展在他周围。冻僵的风声传来耳畔，心脏的剧烈跳动摇撼着他的骨头。

"喂，怎么样，来到远方的实感可多少上来一点了？"

"是感觉来到了很远的地方。"小村坦言相告。

岛尾用指尖在小村胸口画着复杂的圆形，仿佛在画一种咒符。

"不过，还刚刚开始呢。"她说。

有熨斗的风景

电话铃响是半夜快十二点的时候,顺子正看电视。启介在房间一角塞着耳机半闭眼睛,摇头晃脑地弹电吉他。看样子在练习快节奏乐段,长手指在六根弦上飞快地划动,根本没听见电话铃。顺子拿起听筒。

"已经睡了?"三宅用一如往日的小声细气问道。

"不要紧,还没睡。"顺子回答。

"现在我在海滩呢。漂流木好多好多,很大的家伙都有。能出来?"

"好的,"顺子说,"这就换衣服,十分钟后到。"

顺子蹬上连裤袜,套上蓝牛仔裤,穿上高领毛衣,往毛料风衣口袋里揣进香烟,还有钱包、火柴和钥匙夹。之后往启介后背轻轻踢了一脚，启介慌忙摘下耳机。

"这就去海滩看篝火。"

"又是三宅那个老头儿！"启介皱起眉头，"开哪家子玩笑，现在可是二月份！还是半夜十二点！这就去海边鼓捣篝火？"

"所以你不去也行，我一个人去。"

启介叹了口气："我也去，去就是了。马上准备，等我一会儿。"

他关掉扩音器，在睡裤外套了条长裤，穿上毛衣，把羽绒夹克的拉链拉到下巴。顺子把围巾围在脖子上，戴上绒线帽。

"真个好事！什么地方的篝火那么有意思？"启介边往海边走边说。寒冷的夜晚，但一丝风也没有。一张嘴，呼出的气冻成了话语形状。

"珍珠果酱乐队（Pearl Jam）什么地方有趣？难道不就是吵得人心烦？"顺子反唇相讥。

"珍珠果酱乐队迷全世界有一千万哟！"

"篝火迷五万年前就遍布世界。"

"算是吧，可以那么说。"启介承认。

"珍珠果酱乐队消失了,篝火也依然存在。"

"也可以那么说。"启介从衣袋里掏出右手,搂住顺子的肩膀,"不过么,顺子,问题是五万年前的事也罢五万年后的事也罢,都丝毫跟我无关,**丝毫**。重要的是现在。世界这东西说不定什么时候要完蛋,哪能考虑得这么远。重要的是此时此刻能好好吃饭,那个玩意儿能好好挺起来,是吧?"

拾阶登上堤顶,在老地方看到了三宅。他把冲上沙滩的形形色色的漂流木拾在一处,小心翼翼地堆高。其中有一根粗大的圆木,拖到这里想必花了不少力气。

月光把海岸线变成了刚刚磨好的尖刀。冬日的波浪一反常态,静悄悄地刷洗着沙滩。四下空无人影。

"怎么样,找了好大一堆吧?"三宅还是那么吐着白气说。

"不得了!"顺子说。

"这样的情况偶尔也是有的。这一阵有风急浪高的日子,近来一听海的隆隆声就大体明白了。今天可是漂来了好烧的**柴火**。"

"就别自吹自擂了,赶快取暖吧。冷成这个样子,胯下的宝贝都缩回去喽。"启介边说边咔嚓咔嚓搓着双手。

"喂喂,等等,这东西顺序很重要。首先要订个周密计划。计划没有问题了,往下才慢慢点火。毛手毛脚顺当不了,毛手毛脚的乞丐东西讨不多。"

"毛手毛脚的侍浴女郎干不久。"启介说。

"你这小子,年轻时就开这种没章法的玩笑。"三宅摇头道。

粗圆木和小木条被巧妙地组合起来,俨然前卫美术品般地高高堆起。三宅退后几步,仔细审视形状,调整搭配,然后又转到对面视察,像往常一样反复数次。光看木料的组合搭配,火焰升腾的情景就会在脑海里活生生地浮现出来,一如雕塑家一看石料的形状就会在脑海里推出其中所藏的作品造型。

花了些时间搭配到满意之后,三宅点着头一个人连连称好。接着,他把准备好的报纸揉作一团塞到木架最下层,用塑料打火机点火。顺子从衣袋里掏出香烟衔在嘴上,擦燃火柴,眯缝起眼睛看着三宅拱起的后背和头发有些稀少的后脑勺。这是最让人提心吊胆的瞬间,火果真会燃起并且越燃越旺吗?

三人一声不响地凝视着漂流木的堆架。报纸忽地燃烧起来,在火焰中晃动了一会,转而缩成一小团熄了。往下一阵子什么也没发生。肯定不成了,顺子心想,木料很可能比看上去的要湿。

正要灰心的时候,一缕白烟如狼烟一般陡然向上蹿去。由于无风,烟变成一条不间断的纽带朝着天空爬升。火在哪里烧了起来,但火本身还看不见。

谁都一言不发,连启介也缄口不语。启介双手插在大衣袋里,三宅蹲在沙地上,顺子双手抱在胸前,不时突然想起似的吸一口烟。

顺子一如往常地想到杰克·伦敦的《生火》(To Build a Fire)。那是一个单独旅行的男子在阿拉斯加内陆雪地生火的故事。若火生不起来,他必定冻死无疑,而天马上就要黑了。她几乎没看过什么小说,唯独高一暑假时作为读后感作业布置的这个短篇小说看了好多遍。故事的情节十分自然而又栩栩如生地浮上她的脑际,她可以真切地感受到处于生死关头的那个男子的心跳。恐惧、希望和绝望,简直感同身受。但故事中比什么都重要的是这样一个事实:那男子**基本上**是在求死。这点她心里明白,何以明白解释不好,只是一开始她就了然于心。这个旅行者其实是在求死,**知晓**那是适合自己的结局。尽管如此,他仍然必须全力拼搏,必须为了逃生而与强大无比的对手进行殊死搏斗。在心灵深处撼动顺子的就是作为故事核心的这种堪称本源性的矛盾。

老师对她的看法一笑置之。主人公真的但求一死？老师愕然地说道，这种匪夷所思的想法还是头一次听得，听起来倒像很有独创性。他朗读了顺子读后感的一部分，班上的同学也都笑了。

然而顺子心里清楚，错的是他们。不是么？假如不是这样，故事的结尾为何那般静谧那般优美呢？

"火是不是要熄了，三宅？"启介惴惴不安地说。

"不怕，火快要着呢，别担心。现在不过是燃烧起来的前奏曲。烟不是一直没断么，常言说无火不起烟，是吧？"

"没有血气那玩意儿就不挺，是吧？"

"我说你这家伙，除了这个就不能想点别的？"三宅愕然地说。

"真的知道火还没灭？"

"早就知道了，火苗马上要蹿起来了。"

"到底在什么地方学得这种知识的？"

"谈不上什么学识，大体是还小的时候在童子军那里学来的。

当了童子军,愿意不愿意都会熟悉篝火。"

"嘀,"启介说,"童子军?"

"当然不光这个,还有类似才能的东西。从前也说过,在鼓捣篝火方面,我有着别人所没有的特殊才能。"

"看你得意的,这种才能又赚不到什么钱。"

"的确赚不到钱。"三宅笑道。

不出三宅所料,不久,里面一闪一闪地现出了火苗,木料的哔剥声也隐隐传出。顺子舒了口气。到这个时候就再不用担心了,篝火将越烧越旺。三人一个个朝刚刚降生的火焰伸出手去。暂时可以什么也不做,只消静观火焰徐徐增大即可。顺子心想,五万年前的人应该也是以同样心情伸出手去烤火的。

"三宅,记得你说过你是神户出生的,"启介忽然想起似的朗声说道,"上个月的大地震不要紧吧?神户没家人什么的?"

"这——,不清楚。我嘛,和那边已经没有关系了。老早以前的事了。"

"老早以前也好什么也好,你的关西口音可是一点没改哟!"

"是吗,没改?自己也不晓得的。"

"我说三宅,要是不用关西话,我又到底会说什么呢?说得乱七八糟可就麻烦了。"

"你别说叫人恶心的关西腔好不好?[1]我可不愿意听你茨城人讲阴阳怪气的关西话。你们这些家伙还不如在农闲期打起破旗去当飙车族。"

"瞧你说的!别看你一副老实相,挖苦人蛮厉害的嘛。喏,动不动就欺负厚道的北关东[2]人,伤脑筋啊!"启介说,"不过说正经的,真的不要紧?熟人什么的总还是有的吧?电视新闻看了?"

"这话就别提了吧。"三宅说,"不喝威士忌?"

"那就不客气了。"

"顺子呢?"

"来一点。"顺子说。

三宅从皮夹克袋里掏出扁扁的金属瓶,递给启介。启介拧开瓶盖,没沾唇就倒入口中,咕嘟一声咽下,深吸了口气。

"好酒!"他说,"这东西是地地道道的单一麦芽苏格兰威士忌

---

[1] 上面的话是启介以三宅的口气模仿关西方言讲的。
[2] 茨城县位于日本关东地区东北部,亦称北关东地区。

| 有熨斗的风景 |

二十一年陈酿佳品。桶是橡木的吧？能听到苏格兰的海啸和天使的叹息。"

"嚄，倒是会说。不就是普普通通的方瓶三得利么！"

顺子拿过启介递来的扁瓶，舔似的喝了一点点倒在瓶盖里的威士忌，苦着脸体味温暖的液体从食管往胃袋下滑时的独特感觉。身体的正中多少暖和过来了。接着三宅静静地喝了一口，之后启介又咕嘟了一口。扁瓶从一只手往另一手传递的时间里，篝火苗越来越大，不再让人担心了。速度不快，稳扎稳打。这正是三宅烧的篝火的非凡之处。火苗的扩展方式轻舒曼卷，温情脉脉，恰如训练有素的爱抚，绝不鲁莽急躁。火焰在这里的目的是温暖人心。

顺子在篝火面前总是沉默寡言，除了不时换一下姿势外，基本上一动不动。火焰看上去在默默地接受着所有东西，将其揽入怀中并予以宽恕。所谓真正的家人必然是这个样子。

高三那年五月，顺子来到位于茨城县的这个镇子。她拿走父亲的印章和存折，提出三十万日元，往宽底包里塞进大凡能塞进的东西，离家出走了。从所泽胡乱换乘列车，到得茨城县的这个海滨小镇。名字都没听说过的地方。她在站前不动产中介商那里找了个住处，第二个星期成了海边一家面临国道的小超市的店员。给母亲写了封信，说自己活得很好，别担心，也别找。

上学让她烦得不行，看父亲的脸色也让她忍无可忍。小时候顺子跟父亲关系很好，休息的日子两人时常东游西逛，每次跟父亲手拉手行走，她都无端地感到自豪，感到心里踏实。但等到小学毕业前开始来月经、长阴毛、胸部隆起之后，父亲便以不同以往的奇妙视线看她了。而到初三身高超过一米七十时，父亲几乎什么都不跟她说了。

学校里的成绩不足以自豪。刚上初中时在班上名次还靠前，而到毕业时名次却从后往前倒数起来快些了，高中都是勉强升上的。并非脑袋不好使，只是注意力集中不起来，无论干什么都没法坚持到最后。一旦聚精会神，就脑袋作痛、呼吸困难、心跳紊乱。上学除了痛苦没别的。

在小镇落脚后不久就同启介认识了。是个比她大两岁的颇有本事的冲浪运动员，高个头，头发染成褐色，牙齿整齐漂亮。他说在小镇住下是因为这里的浪好。他还和朋友组织了摇滚乐队。在一所二流大学倒是保留了学籍，但几乎不到学校去，根本没希望毕业。

父母在水户市内经营一家老字号糕点铺,到一定时候可以继承家业,但他本人却全然没心思当糕点铺老板,觉得永远和同伴开一辆达特桑卡车兜风,永远一面玩冲浪一面在业余乐队弹吉他即可。但无论谁怎么考虑,这种逍遥自在的生活都是不可能长此以往的。

顺子同三宅说话亲热起来是在和启介同居以后了。三宅四十五六,瘦瘦小小,架一副眼镜,长脸短须。胡须很浓,一到傍晚,整张脸看上去都微微发黑,像蒙了一层阴影。一件褪色的粗蓝布衬衣或夏威夷衫的底襟露在裤子外,穿一条没形没样的粗布裤,脚上一双穿旧了的白色休闲鞋。到了冬天,则外面加一件皱皱巴巴的皮夹克。时不时戴一顶棒球帽。除此以外的打扮顺子还从未见过。不过他身上的东西,哪一样看起来都像是认真洗过的。

鹿岛滩的这个小镇上没什么人操关西口音,所以三宅的存在格外引人注意。一起做工的女孩告诉她,说他租了附近一座房子,一个人生活一个人画画。"不过么,不像有多大名气,画也没见过。生活倒过得挺像那么回事,想必还是有两下子的。有时跑去东京买绘画材料,傍晚回来。对了,他是大约五年前开始住在这个镇子的。时常见他一个人在海边鼓捣篝火。肯定喜欢篝火,眼神总是那么专注。不怎么说话,有点儿古怪,但人不坏。"

三宅一天来小超市三次,早上买牛奶和报纸,中午买盒饭,晚上买易拉罐啤酒和简单的下酒菜。如此日复一日,一成不变。虽然除了寒暄以外没有像样地交谈过,但顺子还是对他怀有一种自然而然的亲密感。

一天早上店里只两个人的时候,顺子一咬牙问道:就算住得再近,也没必要天天这么一点点买嘛,何苦这样子呢?牛奶也好啤酒也好,一次多买些放进电冰箱不就行了!那样岂不更方便?当然自己只管卖,怎么都无所谓……

"是啊,要是能多买就好了。可我家有我家的情由,没办法做到。"三宅说。

顺子问什么情由。

"怎么说呢,反正、反正有点情由。"

"问多了,对不起,别往心里去。我这人一有什么纳闷儿的就禁不住要问,歹意倒是没有的。"

犹豫片刻,三宅不无尴尬地搔搔头:"我家么,说实话,没有电冰箱。冰箱那东西一开始我就不怎么喜欢得来。"

顺子笑道："我也不是特别喜欢得来，但一台还是有的。没有不是不方便吗？"

"方便是不方便，可是喜欢不来的东西是勉强不得的。有电冰箱的地方我睡不踏实。"

好个怪人，顺子心想。不过由于这次交谈，她对三宅有了更深的兴趣。

其后不出数日，黄昏在海边散步的时候，看见三宅一个人在烧篝火。篝火不大，是用收集那一带的漂流木烧的。顺子打了声招呼，同三宅并排烤起火来。并排一站，顺子高出五六厘米。两人只简单寒暄两句，往下便不声不响地注视着篝火。

这时，顺子对着篝火的火焰看了一会，蓦地觉得火里面有**什么**，有**某种深邃的东西**。或许该称为心情的凝聚体吧，称之为观念则未免过于鲜活具体且带有现实性的重量。那个什么缓缓穿过她的身心，留下仿佛让她透不过气的不可思议的感触而遁去了哪里。遁去后好半天时间里，她的胳膊都泛起了鸡皮疙瘩样的东西。

"三宅，你看着火的形状时，有时候不觉得挺不可思议的？"

"指什么呢？"

"比如我们在日常生活中没有怎么感觉到的东西真真切切地、怪怪地感觉出来，怎么说呢……我脑袋笨说不明白，反正这么看起篝火来，我就不由得生出幽幽的思绪。"

三宅想了想说："火这东西么，形体是自由的。因为自由，看的一方就可以随心所欲看成任何东西。假如你看火看出幽幽的情思，那么就是你心中的幽思反映在了火里。这个，可明白？"

"嗯。"

"不过，若说什么火都会让人这样，那就不至于了。让人产生这样心情的火必须是自由的才成。煤气炉的火不行，打火机的火不行，普通的篝火也不成。而火要自由，就得在能让它自由的场所恰到好处地生起来，这可不是任何人都能轻易做到的。"

"你可以做到？"

"有时做到，有时做不到，但一般可以做到。把心放进去做，就能做到。"

"喜欢篝火？"

三宅点头："都像是一种病了。说起来，我所以在这个芝麻粒大的偏僻小镇住下,就是因为这里海岸的漂流木比哪里的都多。就这一个原因,是为鼓捣篝火才来这里的。无可救药吧?"

那以后,顺子一有时间就来陪三宅烧篝火。除掉连半夜都人头涌动的盛夏,一年到头他基本上都烧篝火。有时一星期两回,也有时一个月一回都没有。进度取决于漂流木的收集情况。但不管怎样,一要烧篝火,他必定往顺子那里打电话。启介开玩笑说三宅是"你的篝火friend[1]"。不过,即使嫉妒心比任何人都强的启介,不知为什么却唯独对三宅网开一面。

火烧到最粗大的漂流木上,火势稳定下来。顺子坐在沙滩上,闭着嘴出神地注视篝火。三宅用一条长树枝小心翼翼地调整着,既不使火过于扩散,又不让势头减弱,还不时从准备用来添加的木料中拿一根新的投在适当的位置。

启介说肚子痛。

"怕是着凉了,拉一下我想就会好的。"

"回家去方便怎么样?"顺子说。

---

[1] 英语"朋友、同伴"之意。

"还是那样好。"启介不无遗憾地说,"你怎么办?"

"顺子我保证送到家,不怕,别担心。"三宅说。

"那就拜托了。"说罢,启介转身往回走。

"那家伙,真是个傻瓜,"说着,顺子摇摇头,"一冲动就喝过头。"

"那倒是。不过顺子,年轻时候若是太精明了,凡事滴水不漏,也就没什么意思了。那家伙也有那家伙的优点。"

"或许是吧,不过他实际上什么都不思不想。"

"年轻也是个负担,有些事情想也是不顶用的。"

两人又在火堆前沉默了一阵子,各自想各自的事。时间顺着各自的河床向前流去。

"嗳,三宅,有件事想问问,问也不要紧的?"

"什么事?"

"个人方面的,挺深入的。"

三宅用手心咔嚓咔嚓搓了几把脸腮上的胡须:"不大明白,不过问就是了。"

"你莫不是在哪里有太太?"

三宅从皮夹克袋里掏出扁瓶,打开盖,慢悠悠地咽了口威士忌,又拧上盖,揣进衣袋,然后看着顺子的脸。

"干嘛突然想起这个?"

"不是突然,刚才心里就嘀咕来着——启介提起地震时看了你的脸。"顺子说,"所以说,人看火时的眼睛是比较诚实的,就像有一次你对我说的那样。"

"是吗?"

"有小孩?"

"啊,有,两个。"

"在神户?"

"那里有家嘛。大概还住在那里吧。"

"神户什么地方?"

"东滩区。"

三宅眯缝起眼睛,抬头往黑暗的海面望去,望罢又把视线收回到火上。

"对了,我不会把启介叫什么傻瓜。没道理说别人的。我也是什么都不思不想,傻瓜中的傻瓜!明白?"

"想多谈谈?"

"不,"三宅说,"不想。"

"那就算了吧。"顺子说,"可我觉得你是个好人。"

"不是那样的问题。"三宅摇了下头,用手中的树枝尖在沙地上画出一种什么图形。"你可曾想过自己怎么个死法?"

顺子沉吟片刻,摇头。

"我时不时想的。"

"你要怎么个死法?"

"关在电冰箱里死掉。"三宅说,"常有的事吧——小孩钻进废弃的电冰箱里玩,玩着玩着电冰箱关了,就那么闷死在里面。就那么个死法。"

一根大漂流木一下子倾斜下来,火星四溅。三宅无动于衷地看着。火焰的反光在他脸上绘出颇带虚拟意味的阴影。

"在窄小的地方、在漆黑之中一点又一点死去。要是能顺顺当当闷死了还好,但不可能那么痛快。空气从哪里丝丝透入,所以很难窒息而死。到死要花很长很长时间,喊叫也没人听见,谁都不会注意到我。地方窄得根本动不了身,再挣扎也无法从里面把门打开。"

顺子一声不吭。

"这样的梦我做了好多回。半夜大汗淋漓地醒来。梦见自己在一团漆黑中痛苦挣扎着慢慢、慢慢地死去,睁开眼梦也还是没完。那是这种梦最可怕的地方。醒后喉咙干得沙沙直响。去厨房打开电冰箱门。家里当然没有电冰箱——不知道是在做梦。但当时意识不到,一边觉得纳闷儿,一边开电冰箱门。只见电冰箱里漆黑漆黑的,照明灯熄了。我以为停电了,把脖子伸了进去。不料电冰箱里倏地伸出一只手,抓住我的脖颈。凉瓦瓦的死人的手。那手抓住我的脖颈,以极大的力气把我往冰箱里拖。我吓得'啊'一声大叫,这才真正醒来。就是这样的梦。周而复始,每次都一模一样,没一处不一样,但我还是次次吓得要死。"

三宅用树枝尖捅一捅烧得正旺的圆木,然后返回原位。

"实在太活灵活现了,真的好像死了好多好多次。"

"什么时候开始做那种梦的?"

"很久很久了,都记不得了。时而也有从那种梦中解脱出来的时期,有一年,是的……有一两年完全不做那种梦。那时候看上去好像什么事都会一帆风顺，可还是卷土重来了，就在我以为不要紧的时候重新开始。而一开始就无可收拾。昏天黑地啊！"

三宅摇摇头。

"跟你说这个也不顶什么用的。"

"不不，"顺子叼起一支烟，擦燃火柴，大大吸了一口，"说下去。"

篝火逐渐走向尾声。蛮大一堆用来添加的木材已一根不剩地投入火中。也许是神经过敏的关系，涛声似乎多少大了起来。

"有个叫杰克·伦敦的美国作家。"

"写生火的那个人吧？"

"对，你还真知道。杰克·伦敦很长时间里一直认为自己最后将溺海而死，确信必然落得如此下场——不小心掉进夜幕下的海里，在谁也不知晓的情况下淹死。"

"杰克·伦敦实际上可是淹死的？"

三宅摇头道："不，喝吗啡自杀的。"

"那么说，是预感落空了。或者是硬让它落空也有可能。"

"表面上。"三宅停了片刻，"可是在某种意义上，他并没有错。杰克·伦敦在黑漆漆的夜幕下孤零零地淹死在海里了。酒精中毒,绝望深深沁入骨髓,挣扎着死掉的。预感这东西嘛,在某种情况下是一种替身。在某种情况下,那一替代物是远远凌驾于现实之上的活生生的东西,而那正是预感的最可怖之处。这个,可明白?"

顺子就此思索了一番。不明白。

"自己怎么个死法,一次都没想过的么。那种事如何想得出!连怎么个活法都还完全稀里糊涂呢。"

三宅点头:"那倒是。不过么,也有被死法反向引导的那么一种活法。"

"那可是你的活法?"

"说不清楚,有时有那样的感觉。"

三宅在顺子身旁坐下。看上去他比起平时有点儿憔悴,好像老了几岁。耳朵上边有长头发竖起。

"你画什么画?"

"解释起来非常困难。"

顺子改变问法:"那么,最近画的什么画?"

"'有熨斗的风景'，三天前画完的。房间正中放一个熨斗，就那么一幅画。"

"那为什么解释起来困难呢？"

"因为那其实不是熨斗。"

顺子抬头看他的脸："你是说熨斗不是熨斗？"

"正是。"

"是某种替身喽？"

"大概。"

"而你只能把它作为什么替身来画？"

三宅默默点头。

扬脸望天，星星的数量比刚才多了许多，月亮已移动了相当长一段距离。三宅把手中的长树枝最后投进火堆。顺子悄然靠上他的肩。三宅的衣服沾染着数百次篝火的烟熏味儿，她把那股味儿深深吸入胸中。

"跟你说，三宅。"

"什么？"

"我么，是个空壳。"

"哦?"

"嗯。"

一闭眼睛,泪珠便情不自禁地夺眶而出,一滴接一滴顺着脸颊往下淌。顺子用右手猛地抓紧三宅卡其裤的膝部,身体簌簌发抖。三宅伸手搂住她的肩,静静抱拢。但她的眼泪还是止不住。

"真的空无一物。"过了许久,她才以沙哑的声音说,"彻头彻尾空壳一个。"

"晓得的。"

"真的晓得?"

"这方面我很有经验。"

"如何是好?"

"好好睡上一觉,起来一般都能恢复。"

"没那么简单。"

"或许。或许没那么简单。"

圆木"咻"一声发出什么地方的水分蒸发起来时的声音。三宅扬脸眯缝起眼睛,往上望了一会儿。

"那,怎么办才好呢?"顺子问。

"那么……怎样,马上和我一起死?"

"好啊,死就死。"

"当真?"

"当真。"

三宅继续搂着顺子的肩头,默然良久。顺子把脸伏在他旧得让人舒坦的皮夹克怀里。

"反正,等篝火熄了再说吧。"三宅说,"好容易生的篝火,想陪到最后。火熄了四下一黑,就一起死好了。"

"好好。"顺子说,"可怎么死呢?"

"想想看。"

"嗯。"

顺子在篝火味儿的包笼中合起双目。三宅搂在肩上的手作为男人的手未免小些,且粗糙得出奇。自己大概不能同这个人活在一起,顺子想,因为自己恐怕很难走进他的心,但一起死则是有可能的。

但在被三宅的胳膊搂抱的时间里,顺子渐渐困了。肯定是威士忌的关系。木料大部分变成灰崩塌了,唯独那根最粗大的漂流木仍

| 有熨斗的风景 |

在闪着橙黄色的光亮,可以从皮肤上感受到它静谧的温煦。到彻底烧尽看来还要等些时间。

"睡一会可好?"顺子问。

"睡吧。"

"篝火灭了能叫醒我?"

"放心。篝火灭了,冻也把你冻醒了。"

她在脑袋里重复这句话——**篝火灭了,冻也把你冻醒了**,随即蜷起身体,沉入短暂而深稳的睡眠。

神的孩子全跳舞

善也醉得天昏地暗，到第二天才苏醒过来。他拼命睁眼，但只睁开一只，左眼睑却奈何不得。感觉上就像昨天夜间脑袋里长满了虫牙，臭乎乎的汁液从腐烂的牙龈渗出，一点一点从内侧溶蚀脑浆。若听任不管，脑浆很快就会消失一空。可他又觉得消失就消失好了。可能的话，还想再睡一会儿，但他晓得睡意再不会来了。心情太糟了，没办法睡。

想看床头钟，不知何故钟不见了。本该有钟的地方却没有，眼镜也没有。大概自己下意识地扔去了哪里，以前就这么干过。

他知道该起床了，但上身只欠起一半，脑袋就迷糊起来，扑通一声脸又埋进枕头。卖晾衣竿的车从附近通过，扩音器一再强调：旧晾衣竿收回换新的，晾衣竿价钱同二十年前一个样。没有起伏的慢吞吞的中年语音。每次听得这语音，脑袋里就像晕船时一样乱糟糟一团。但只是一阵阵反胃，却吐不出。

有个朋友醉到第二天心里不好受时，往往看电视里的早间综艺节目，一听到艺人们那刺耳的攻讦声，昨晚留在胃里的东西便一吐而空。

但这天早上的善也没有气力起身走去电视机前，就连呼吸都令他心烦。透明的光和白色的烟在眼窝深处杂乱无章而又不屈不挠地纠缠在一起。往哪里看都那么呆板沉闷。所谓死就是这样子不成？他蓦然想道。总之，这个滋味一次足矣。现在就这样死了也未尝不可。所以，神哟，求求您，再别让我吃这个苦头了。

说到神，善也想起了母亲。他口渴想喊母亲，刚要出声，这才意识到这里仅自己一人。母亲三天前和她的教友去了关西。他想，人这东西真个形形色色。母亲是神的志愿喽啰，儿子却异乎寻常地连醉两日。爬不起身，左眼甚至睁都睁不开。和谁喝酒来着？压根儿想不起来，一想脑袋芯就变成石头。以后慢慢想吧。

估计还不到中午，但根据从窗帘缝隙透进的光线那刺眼的亮度判断，应该过十一点了。工作单位因是出版社，即便他这样的年轻职员，迟到一些也没人见怪。加班补回去就是。不过到下午才上班，难免给上司挖苦几句。挖苦话自然可以当耳旁风，但给介绍自己去那里的教徒添麻烦这点还是想避免的。

结果，走出家门差不多一点了。若是平日，可以编个适当的理由请假不上班了，但今天桌子上有篇东西无论如何都得在下班之前编好付印，而且无法委托别人。

善也走出同母亲两人居住的阿佐谷出租公寓，乘中央线到四谷，在那里换乘丸之内线去霞关，再转乘日比谷线在神谷町下车。他以有些踉跄的脚步爬上很多阶梯又爬下很多阶梯。他供职的出版社在神谷町附近。出版社不大，专出海外旅行方面的书。

那天夜晚十时半左右，在回家途中的霞关站换乘地铁时，看见了那个缺耳垂的男子——年纪五十五六光景，头发白了一半，高个子，不戴眼镜，穿一件旧款式驼绒大衣，右手提着皮包。男子迈着仿佛在沉思什么的缓慢步履，从日比谷线站台往千代田线站台行走。善也毫不迟疑地尾随而去。觉察到时，喉咙深处已干得同旧皮革无异。

善也的母亲四十三岁，但看起来顶多三十五六，相貌端庄，眉目十分清秀。由于饮食清淡和早晚做大运动量体操,身段仍十分匀称,皮肤也有光泽。加上同善也只差十八岁,因此时常被人错当成姐弟。

不仅如此,作为母亲的自我意识也很淡薄——一开始就淡薄,或者仅仅是与众不同也未可知。即使在善也上初中性方面开始觉醒之后,她也毫不顾忌地一身内衣、有时赤身裸体地在家里走来走去。卧室还是分开的,但是每当半夜感到寂寞时,便几乎一丝不挂地来儿子房间钻进被窝,并像猫狗似的伸手搂住善也的身体。母亲并无别的意思这点自然一清二楚,但那种时候善也心里绝不平稳。为了不让母亲知道自己勃起,他不得不保持极不自然的姿势。

由于生怕同母亲的关系陷入可怕的境地,善也拼命找女朋友以便能轻松地处理性欲。在身边找不到那种对象的时候,他就有意定期手淫。上高中时他便用打零工赚的钱涉足有违良俗的场所。他那么做,与其说是为了解决性欲,倒不如说是出自恐惧心理。

或许该在适当阶段离开家独立生活才是。善也也曾为此相当苦恼。上大学的时候想,工作后也想过。然而归根结蒂,直到年已二十五的现在他也未能离开家。把母亲一个人扔开的话,母亲不知会干出什么事来，这点也是一个原因。迄今为止，善也已有好几次全力阻止了母亲，使得母亲未能将其突发性而又往往是毁灭性的（且充满善意）念头付诸实施。

另外，假如眼下突然提出离开家，难免闹出一场翻天覆地的骚乱。母亲根本没考虑过善也会迟早单过。善也至今清楚地记得十三岁那年当自己宣称放弃信仰时，母亲曾怎样长吁短叹举止失措。半个月时间里她几乎什么也不吃，不说话，不洗澡，不梳头，不换内衣，甚至月经也处理得马马虎虎。善也还是头一次目睹如此污秽发臭的母亲。光是想一想那情景可能再现，善也都痛心疾首。

善也没有父亲。生下来就只有母亲。从小母亲就反反复复告诉他父亲是"那位"（他们以此称呼自己一伙人信的神）。"因为是'那位'，就只能住在天上，不能和我们住在一起。但作为父亲的那位是时刻牵挂你守护你的。"

善也儿童时代的"劝诫人"田端也是这么说的。

"你确实没有这个世界的父亲。就此说三道四的人世上恐怕也是有的。这自然遗憾，但大多数世人的眼睛蒙着阴云，看不清真相。不过善也，你的父亲就是世界本身，你在他的爱的包笼中生活。你应该为此感到自豪，理直气壮地活着。"

"可神不是大伙儿的吗？"刚上小学的善也说，"父亲不是每一个人都各自有的吗？"

"记住，善也，身为你父亲的那位迟早总会作为你单独拥有的人在你面前出现——你将在意想不到的时候、意想不到的地方遇上他。可是，如果你怀有疑心或抛弃信仰，那么他就会失望，很可能永远不在你面前出现。明白么？"

"明白了。"

"我说的能一直记着？"

"能，能记着，田端伯伯。"

不过说老实话，善也还是有些想不通。因为很难认为自己是"神的孩子"那样的特殊存在，无论怎么想自己都是到处可见的普通孩子，或者不如说是"处于比普通稍微往下位置"的孩子。没有引人注目之处，还时常出洋相，到小学高年级这点也没改变。学习成绩勉强过得去，而体育简直提不起来。腿脚慢，走路晃晃悠悠，眼睛近视，手不灵巧。棒球比赛每次出场都十有八九接不住高飞球。队友抱怨，看球的女孩嗤笑。

晚上睡前要向父神祈祷：对你的信仰绝不改变永不改变，所以请保佑我能好好接住外野高飞球。光保佑这个就行，别的（眼下）什么也不求。假如神真是父亲，那么这点祈求是应该听得进的。然而祈求并未得到满足，外野高飞球依然从皮手套中滑落下来。

"善也，那是'那位'在考验你呢。"田端斩钉截铁地说，"祈祷不是坏事，但你必须祈求更大更广的东西。此一时彼一时地具体祈求什么是不对头的。"

善也长到十七岁的时候，母亲向他如实说了他出生的秘密（近乎秘密）。母亲说他差不多也该知道了。"还是十几岁的时候，我生活在茫茫黑暗之中。"母亲说道，"我的灵魂如同刚形成的泥潭一般混乱不堪，全无头绪。光明正气被挡在乌云背后。所以我跟几个男人随便云雨来着。**云雨**知道什么意思吧？"

善也说知道。提到性方面的事，母亲时常使用极其古老的字眼。当时他已经同数名女性"随便**云雨**来着"。

母亲继续道："最初怀孕是在高中二年级的时候，那时并没有以为是什么了不得的事。去朋友介绍的一家医院做了堕胎手术，妇产科的医生又年轻又热情，就术后如何避孕讲解了一番。他说堕胎在身心两方面都没有好的结果，还有性病问题，所以一定要用这个。说着，给了一盒避孕套。

"我说用过避孕套。医生说：'那么就是用法不合适。一般人还真不晓得正确用法。'可是我没那么傻，在避孕上十分小心，一脱光马上亲手给对方戴避孕套，因为男人不可相信。避孕套知道吧？"

善也说知道。

"两个月后又怀孕了。本来比以前还小心，可还是怀孕了。难以置信。没办法，就再次跑到那个医生那里。医生一看见我就劈头一句——不是刚刚提醒过么，到底想什么来着！我哭诉如何如何小心避孕，但他不信，训斥说如果正确使用避孕套绝不可能受孕。

"说起来话长，大约半年过后，因为一点儿不可思议的起因，我开始同那位医生云雨。他当时三十岁，还独身。作为事情倒是无聊，不过他的人还正直地道。右耳垂没了，小时给狗咬掉了。正走路，一条从未见过的大黑狗扑上来往耳朵上咬了一口。好在只是耳垂，他说，耳垂没了对人生也没多大影响，若是鼻子就糟了。我也认为确是那么回事。

"和他交往的时间里，我渐渐找回了正常的自己。和他云雨起来，我可以不再去想乱七八糟的事。我喜欢上了他只剩一半的耳朵。他是个对工作热心的人，在床上也讲如何避孕：什么时候戴避孕套，什么时候摘下来合适。避孕处理得十全十美，无一疏漏。然而我还是怀孕了。"

母亲去当医生的恋人那里，告诉他自己怀孕了。医生做了检查——果真怀孕了。但他不承认自己是父亲。他说作为专家他的避孕措施毫无问题。那么，只能认为你同其他男人发生了关系。

"听他这么说我大受刺激，气得浑身发抖。我受刺激时的情绪你晓得吧？"

晓得，善也说。

"和他交往的时间里，我和其他男人概未云雨，可他还是执意把我看成不检点的不良少女。那以后再没同他见面，堕胎手术也没做。想一死了之。假如那时候不是田端发现了——我正跟跟跄跄地走路——向我打招呼，我想我肯定乘上去大岛的船，从甲板上跳进海里死了。因为死一点儿也不可怕。如果我在那里死了,你当然也就不会来到这个世上了。由于田端的开导,我得救了,终于找到了一丝光亮,并且在身边教友的帮助下把你生到了这个世上。"

遇到母亲时,田端这样说道:

"那样严格避孕你还是怀上了,而且连续怀了三次。你以为是偶然出差错?我不那么认为。连续三次的偶然,早已不是偶然了。三恰恰是'那位'显示的数字。换句话说,大崎,是'那位'希求你受孕。大崎,那孩子谁的也不是,而是天上'那位'的孩子。我为将来出生的男孩取个名字——叫善也吧。"

一如田端所预言,一个男孩降生了,取名叫善也。母亲再不和任何人云雨,而作为神的使者生活着。

"那么就是说,"善也畏畏缩缩地插话道,"我的父亲,从生物学的意义上说来,该是那位妇产科医生了?"

"不然。那个人已彻底采取了避孕措施。所以,正如田端所说,你的父亲是'那位'。你不是通过肉体的**云雨**,而是因了'那位'的意志来到这个世界的。"母亲以燃烧般的目光断然说道。

母亲打心眼里如此深信不疑，但善也坚信那位妇产科医生才是自己的生父。想必是所用避孕套出了物理性问题，除此别无解释。

"那么，那位医生不知道母亲生下我的了？"

"我想不知道。"母亲说，"不可能知道。再没见面，也没联系。"

男子乘上千代田线我孙子方向的电气列车，善也随后钻进同一车厢。夜间十点半以后的电车不怎么拥挤，男子落了座，从皮包里掏出杂志，翻到接着读的那页。像是一本专业性杂志。善也在对面坐下，打开手中的报纸，做出看报的样子。男子瘦削，一张棱角分明不苟言笑的面孔，隐约透出医生气质。年龄也相符，且无右耳垂，未尝不像是被狗咬掉了。

善也凭直觉看出，此人绝对是自己生物学上的父亲。然而对方连世上存在着这个儿子这点想必都不知晓，纵使自己在这里马上向他一五一十挑明，恐怕他也不会轻易相信，毕竟他作为专家采取了万无一失的避孕措施。

列车驶过新御茶水、驶过千驮木、驶过町屋，不久钻出地面。

每停一站，乘客数量便减少一些。男子只顾埋头看杂志，没有要欠身的样子。善也一边时而用眼角瞥一下男子的动静，一边似看非看地看着晚报，不看的时候便一点点回忆昨晚的事。善也和大学时代一个好友连同好友认识的两个女孩一起去六本木喝酒。记得喝罢四人一同走进迪斯科舞厅。当时的情景在脑海中复苏过来。那么，最后同那个女孩发生关系来着？不不，应该什么也没做。醉到那个地步，不可能**云雨**。

晚报的社会版依旧是整整一版地震报道。母亲及其教友们料想住在大阪教团的机关里。他们每天早上把生活用品装进背囊，跑去大凡电气列车能到的地方，再沿瓦砾覆盖下的国道步行到神户，为人们分发生活必需品。母亲在电话中说背囊有十五公斤重。善也觉得那个场所无论距自己还是距坐在对面专心看杂志的男子都仿佛有几万光年之遥。

小学毕业之前，善也每星期同母亲参加一次传教活动。在教团里，母亲的传教成绩最好。年轻漂亮，朝气蓬勃，显得甚有教养（实际也是如此），喜欢与人交往，何况拉着一个小男孩的手。在她面前，大多数人都能解除戒心——对宗教虽不感兴趣，但听一听她说什么也未尝不可。她身穿素雅的（然而凸显线条美的）连衣裙挨家逐户转，把传教的小册子交给对方，以并不强加于人的态度笑吟吟地讲述拥有信仰的幸福，并说有什么困惑或烦恼，尽管找到她们那里来商量。

"我们决不强加于人，我们只是奉献。"她以热诚的语音和燃烧般的眼神说道，"我本身也曾有过灵魂在沉沉黑暗中彷徨的日子，而正是这教义拯救了我。那时我已决心同这个还在肚子里的孩子一起投海自尽，所幸上天的'那位'伸手救起了我，如今我和这孩子一起、同'那位'一起生活在光明之中。"

对于被母亲牵着手在陌生人家门口转来转去，善也并不觉得有多么痛苦。那时候母亲特别温柔，手是那么温暖。吃闭门羹自是屡见不鲜，唯其如此，偶尔有人好言相待就让他分外欣喜，争取到新教友的时候甚至有一种自豪感。这样一来——善也心想——作为父亲的神就有可能多少承认自己。

然而上初中不久善也就抛弃了信仰。随着独立的自我意识的觉醒，在现实中已很难再继续接受那种同社会共识不相容的教团特有的清规戒律了。但原因不仅如此。在最为根本的方面，使善也彻底远离信仰的是父亲那一存在的无比冷淡，是他那颗又暗又重又沉默的石心。儿子抛弃信仰让母亲深感悲痛，但善也的决心并未因此动摇。

快进千叶县的前一站，男子把杂志放回皮包，起身往车门走去。善也尾随下车。男子从衣袋里取出月票穿过检票口。善也必须排队用现金补足坐过站的差额。但不管怎样，他还是在男子钻入站前候客的出租车前赶了上去。他钻进后面一辆出租车，从钱夹拿出一张崭新的万元钞。

"能跟住那辆车？"

司机以狐疑的眼神看看善也的脸，又看一眼万元钞。

"我说客人，事情不蹊跷？跟犯罪有关吧？"

"不蹊跷，放心。"善也说，"普通的品行调查。"

司机默默接过万元钞，驱车前行。"不过车费是另一回事，打表的。"

两辆出租车驶过落着卷闸门的商业街，开过几处黑魆魆的空地，从窗口亮着灯的一家大医院前通过，又穿过密密匝匝的廉价商品住宅地段。由于交通量近乎零，跟踪既不困难，又缺少刺激性。司机十分机灵，不时或拉开或缩短车距。

"调查外遇什么的？"

善也说："不，人才争夺战方面的。公司之间挖墙脚。"

"哦，"司机惊讶地说，"最近公司互挖墙脚都发展到这个地步了？想不到啊。"

住宅稀疏起来，车子沿着河边进入工厂和仓库成排成列的地段。空无人影，唯独崭新的街灯格外醒目。在混凝土高墙长长伸展开去的地方，前面的出租车突然停下。善也那位出租车司机也随着红色刹车灯在百米开外的后方踩下刹车，车头灯也熄了。水银灯光静悄悄地照着黑乎乎的柏油路面，除了围墙别无他物进入视野。围墙上拉着密实的铁丝网，俨然在威慑世界。前面出租车的门开了，远远看见缺耳垂的男子下来。善也在一万元以外又加了两张千元钞，一声不响地递给司机。

"客人，这一带出租车不怎么过来，回去很麻烦。稍等你一会儿？"司机说。

善也谢绝，下车。

男子下车后也不东张西望，沿着混凝土围墙下一条笔直的路径自往前走去，步伐同在地铁站台上走动时一样，缓慢而有规则，犹如制作精良的机器人被磁铁吸引着。善也竖起大衣领，不时从衣领间呼出一口白气，保持着不至于被查问的距离跟在后面。传来耳畔的只有男子皮鞋发出的咯噔咯噔的无名声响，善也脚上的胶底乐福鞋则正好相反地悄无声息。

四下里没有人们生活的气息，就好像梦中临时设置的虚拟场景。长长的围墙消失，出现了一个废车停置场，围着铁丝网，车子高高堆起。长期风吹雨淋，加上水银灯的照射，颜色已被洗劫一尽。男子从那前面走过。

善也心生疑惑：到底什么原因让他在如此空旷凄寂的地方下出租车的呢？他不是要回家的么？或者回家前想绕个弯不成？可是时值二月，作为夜晚散步也过于寒冷了。彻骨生寒的风不时以推动善也脊背的势头掠过路面。

废车弃置场走完，呆板冷漠的混凝土围墙又持续了一阵子。围墙中断的地方有个小胡同的入口，男子看样子对此了如指掌，毫不迟疑地走了进去。胡同里面很黑，看不清有什么。善也略一犹豫，还是尾随着男子跨入幽暗之中。毕竟跟到了此处，不可能现在折身回去。

这是一条两侧被高墙夹住的笔直的窄路，窄得两人擦身而过都有困难，黑得如夜晚的海底一般。往下只能靠男子的脚步声了。他在善也前面以不变的步调行进不止。周围无光无亮，善也凭借其足音移动脚步。俄顷，足音消失。

莫非男子察觉出有人跟踪不成？莫非他停下来屏住呼吸往身后窥看不成？黑暗中善也的心脏缩成一团。但他抑制住心跳，继续前行。管他呢！倘若跟踪被他发现，如实交代就是。说不定那样反倒省事。不料胡同很快到头了。死胡同。迎面一道铁丝网挡住去路。不过细看之下，有一个勉强能容一人通过的窟窿。不知谁硬撬开的窟窿。善也拢起大衣下摆，弓身钻过。

铁丝网里面是一片宽阔的草地。不，不是普通草地，像是什么操场。善也站在淡淡的月光下，凝眸环视四周。男子已无影无踪。

这里是棒球场。善也现在站立的大约是外场中央。杂草被踩倒了，只有防守位置如伤痕一样露出土来。远处本垒那里，接手后方挡球网黑魆魆地翼然耸立，投手土墩向上隆起，成为大地的肿瘤。铁丝网沿外场高高地围了一圈。掠过球场的阵风把一个空了的炸薯片包装袋送往哪里也不是的场所。

善也双手插进大衣口袋，屏息敛气，等待着什么发生。但什么也没发生。他望望右边，看看左边，望望投手土墩，看看脚下地面。之后抬头望天。若干轮廓清晰的云团浮在空中，月光将其周边染上奇妙的色调。草丛中微微有狗屎味儿。男子杳然消失，了无踪影。若田端在这里，肯定这样说：所以么，善也，"那位"是以无可预想的形式出现在我们面前的。

可是田端已于三年前患尿道癌死了。最后几个月，他都处于旁观者目不忍睹的极度痛苦之中。难道他一次也未试求于神？没有求神为他多少减轻痛苦？善也觉得田端是有如此祈求（此一时彼一时的也好具体的也好）的资格的，毕竟一丝不苟地遵守着那般繁琐的清规戒律，同神结下了那么密切的关系。而且——善也蓦地心想——既然神可以考验人，那么为什么人就不能考验神呢？

太阳穴深处隐隐作痛。不知是连醉两天的后遗症，还是别的原因造成的，没办法分清楚。善也蹙起眉头，从衣袋里掏出双手，迈着大步朝本垒缓缓走去。刚才还大气不敢出地跟踪仿佛父亲的男子来着，脑海里除此几乎没有任何念头——就那样跟到了这座陌生小镇的棒球场。然而男子跟丢了。一旦跟丢了，这一连串行为的重要性也顿时随之模糊起来。意义本身分崩离析，全然无法复原。就像顺利接住外场腾空球曾经是生死攸关的重大悬案，而不久便不复如是。

我到底**在这上面**寻求什么呢？善也一边移步一边这样询问自己。难道是想确认自己同此刻**存在于此**的事情的关联吗？难道希望自己被编入新的情节、被赋予更新更完整的作用吗？不，不对，善也想，不是那样的。我所追逐的多半是自己本身带有的类似黑暗尾巴的东西。我偶然发现了它、跟踪它、扑向它、最后将它驱入更深沉的黑暗。我再不可能目睹它了。

此时此刻，善也的灵魂伫立在阳光朗照的同一时空之中。至于那个男子是自己的生父还是神祇，抑或是偶尔同样失去右耳垂的毫不相干的他人，已经怎么都无所谓了。那里已经有了一次显现、一个圣礼。赞美吧！

善也登上投手土墩，站在磨损的板面上使劲伸直腰杆，又起双手，笔直举过头顶。他把夜间寒冷的空气深深吸入肺腑，再一次仰望月亮。很大的月亮。为什么月亮某日变大又某日变小呢？一垒和三垒旁边设有不多的木板观众席，二月间的深更半夜，当然一个人也没有，唯有笔直的木板呈高低三列冷冰冰地排在那里。接手后方挡球网的对面有一排大约是什么仓库的阴森森的无窗建筑物，看不见灯光，听不到声响。

他在踏板上来回挥舞双臂，两脚随之有节奏地或往前或横向踢打。如此持续了一会跳舞动作，身体稍微暖和过来，作为生命体器官的感觉失而复得。意识到时，头痛几乎完全消失了。

大学时代一直交往的女孩称他为"青蛙君"，因为他跳舞的姿势类似青蛙。那女孩喜欢跳舞，常常领善也去跳迪斯科。"喏，你手长腿长，跳起来摇摇晃晃，活像下雨时的青蛙，好玩极了！"她说。

善也听了，自尊心未免受损，但还是陪她跳了许多次。跳着跳着，善也渐渐喜欢上了跳舞。每次随着音乐下意识地扭动肢体，他都会涌起一股实实在在的感受，就好像自己身体里的自然律动同世界的基本律动内外呼应，彼此互动。潮涨潮落、荒野惊风、星斗运行……凡此种种，绝不是在与己无关的地方各行其是——善也想道。

那女孩说从未见过像善也这么大的阳物，一边拿在手里一边问他这么大跳舞时是否碍事。善也说不特别碍事。的确，他的阳物是大，从小大到现在，一贯的大。记忆中从未因此占得什么便宜，倒是有几次因为太大而做爱遭拒。不说别的，仅从美学角度看也实在太大了，显得呆愣愣傻乎乎笨头笨脑。他尽可能不让人看见。"你的鸡鸡那么大，证明你是神的孩子。"母亲甚为自信地说。他虽也照信不误，但有时又觉得一切都让人哭笑不得。自己祈求好好接住外野高飞球，而神却给了一个大过任何人的阳物。世上哪里有如此荒诞的交易！

善也摘掉眼镜放进镜盒。跳舞倒也不坏，善也想，是不坏。他闭目合眼，肌肤感受着皎洁的月光，独自跳了起来。深吸一口气，旋即吐出。一时想不起与心情吻合的动听音乐，于是随青草的摇曳和云絮的飘移挪动舞步。跳舞时似乎有人从哪里注视自己。善也可以真真切切地感觉出自己置身于**某人**的视野之内,他的身体他的肌肤他的骨骸都感受到了,但那怎么都无所谓。管他是谁,想看就看好了。神的孩子全跳舞。

他脚踏地面,优雅地转动双臂。一个动作引发下一动作,又自动地带起另一动作。肢体描绘出若干图形,其中有模式、有变化、有即兴。节奏背后有节奏,节奏之间又有看不见的节奏。他可以不失时机地将那些纷繁多变的组合尽收眼底。各种各样的动物如变形图一样潜伏在森林里,甚至见所未见的可怕的猛兽也在其中。不久他将穿过森林,但他已无所畏惧,因为那是他自身的森林,是形成他本身的森林。野兽是他自身的野兽。

善也不知道跳了多长时间。反正很久很久了。一直跳到腋下沁出汗来。继而,他蓦然想到自己脚下大地的深处。那里有冥冥黑暗的不吉利的低吼,有人所不知的运载欲望的暗流,有黏糊糊滑溜溜的巨虫的蠕动,有将都市变为堆堆瓦砾的地震之源,而它们又都是促使地球律动之物的一分子。他停止跳舞,调整呼吸,俯视脚下地面,一如窥看无底的深坑。

善也想到远在毁于地震的城市的母亲。假如时间恰巧倒流,使得现在的自己邂逅灵魂仍在黑暗中彷徨的年轻时的母亲，那么将发生什么呢？恐怕两人将把混沌的泥潭搅和得愈发浑融无间而又贪婪地互相吞食，受到强烈的报复。管他呢！如此说来，早该受到报复才是，自己周围的城市早该土崩瓦解才是。

大学毕业时，恋人希望和他结婚："想和你结婚，青蛙君。想和你一同生活，为你生孩子，生一个长着和你同样大的鸡鸡的男孩儿。"

"我不能和你结婚，"善也说，"过去忘说了——我是神的孩子。所以**和谁也**不能结婚。"

真的？

真的，善也说，是真的，我也觉得抱歉。

善也蹲下身，双手捧起一把沙子，又让它从指间慢慢滑下。如此反复数次。他一边用指尖感受不均匀的冷沙土，一边回想最后一次握住田端细瘦的手指时的情景。

"善也君，我已不久人世了。"田端用沙哑的声音说。

善也想否认，田端静静地摇头。

"可以了。今世的人生不过是稍纵即逝的苦梦，我由于神的引导总算熬到现在,但死之前有件事一定要对你说。虽然说出口叫人非常不好意思,但我还是非说不可。那就是:我对你的母亲几次怀有邪念。你也知道,我有家人,并真心爱着他们。而你母亲又是个心地纯净的人。尽管如此,我的心是那么渴望得到你母亲的肉体,欲罢不能。我要就此向你道歉。"

不用道什么歉。**怀有邪念**的不单单是你。作为儿子的我也曾遭受那种不可告人的胡思乱想的折磨——善也很想这样一吐为快。问题是,即使那样说了,恐怕也只能使田端陷入不必要的困惑。善也默默地拉过田端的手,握了许久。他想把胸中的感念告诉对方:我们的心不是石头。石头也迟早会粉身碎骨,面目全非。但心不会崩毁。对于那种无形的东西——无论善还是恶——我们完全可以互相传达。神的孩子全跳舞。第二天,田端停止了呼吸。

善也蹲在投手土墩上,委身于时间的水流。远处传来救护车低微的呼啸。阵风吹来,草叶起舞,低吟浅唱,倏尔止息。

神哟! 善也说出声来。

泰国之旅

播音员的声音传来："本机正在气流紊乱的高空飞行,请诸位在座位上坐稳,系好安全带。"此时,早月正怔怔地陷入沉思,好一会儿才弄明白泰国男乘务员用略带怪味的日语传达的信息:

本机正在气流紊乱的高空飞行,请诸位在座位上坐稳,系好安全带。

早月正在冒汗。热得不得了,简直像闷在蒸汽中。浑身火烧火燎,丝袜和胸罩都令人不堪忍耐,恨不能一股脑儿一脱为快。她抬起头环视四周,但觉得热的似乎只她一人,商务舱里的其他乘客全都躲开空调风,把毛巾被拉到肩部缩起身子瞌睡。大概是瞬间热感。早月咬起嘴唇,尽量把注意力集中到别的方面来忘掉热。她打开刚才看过的书。但不用说,热根本忘不掉,热得非比一般,而到

| 泰国之旅 |

曼谷还有相当一些时间。她向走过来的空姐讨水喝，从手袋中掏出药瓶，吞下一片一直忘了吃的激素药片。

她再次心想，更年期这玩意儿想必是神对人类——对活个没完没了的人类的一种带有嘲讽意味的警告（或捉弄）。也就在一百年前，人类的平均寿命连五十都不到，停经后活上二三十年的女性无论如何都属例外。什么卵巢或甲状腺不再正常分泌激素所带来的生存困扰啦，什么停经后雌激素的减少同阿尔茨海默病之间可能有必然关系啦等等，根本算不上令人头痛的问题。对大多数人来说，保证每天像样的饭食更是当务之急。如此想来，归根结蒂，医学的发达岂非将人类具有的问题更多地推出水面，并使之明细化、复杂化了？

少顷，机舱又响起播音员的声音。这回是英语："诸位旅客中如果有医生，恳请同乘务员联系。"

估计飞机上出现了病人。早月想报名响应，又转念作罢。以前在同样情况下曾两次出头，但两次都和同乘一架飞机的开私人诊所的医生撞在一起。诊所医生具有指挥若定的老将风度，还好像有一种眼力，一眼就看出早月不过是没有实践经验的专业病理医生。"不要紧，我一个人处理得了，您放心休息好了。"他们冷静地微微笑道。早月于是没头没脑地嗫嚅着表白一句,返回座位,继续看不三不四的电影录像。

问题是,说不定这架飞机上除了自己再没有具有医生资格的人,或者病人的甲状腺免疫系统出了严重问题也未可知。万一这样——概率固然不高——即使我这样的人也可能派上用场。她吸了口气,按下手边的乘务员呼叫钮。

世界甲状腺大会在曼谷万豪酒店的会议中心举行,会期四天。与其说是会议,莫如说更像世界性的合家欢——与会者都是甲状腺专业医师,大家几乎全部相识,不相识的有人介绍。世界真小。白天有学术报告会,有公开讨论会。到了晚上,到处开小型私人聚会,亲朋好友聚在一起重温旧情。大家或喝澳大利亚葡萄酒,或谈论甲状腺,或低声聊天,或交换有关职业声望的信息,或从医学角度开很离谱的玩笑,或在卡拉OK酒吧唱"沙滩男孩"的《冲浪女孩》(Surfer Girl)。

曼谷逗留期间,早月主要同过去在底特律时认识的朋友在一起。对早月来说,同他们相聚再开心不过了。她差不多在底特律一所大学附属医院工作了十年，连续十年在那里研究甲状腺免疫功能，但其间同从事证券分析的美国丈夫发生了龃龉。对方酗酒倾向一年重似一年，且存在另一个女人，是她很熟悉的女人。两人先是分居，之后带着律师唇枪舌剑吵了一年。丈夫强调说："最关键的是你不想要小孩！"

三年前离婚好歹调解成了。几个月后发生了这样一件事：她停在医院停车场的本田车的窗玻璃和车头灯被人打破，车头盖板用白漆写道"JAP CAR"。她叫来警察。赶来的大个子黑人警察填写完事件登记表，说："大夫，这里是底特律。下次要买福特车才行。"

如此一来二去，早月再没心绪在美国住下去了，想回日本。工作也找到了，在东京一所大学附属医院工作。"多年的研究刚开始见成果，干嘛非要回去？"一起从事研究的印度同行挽留道，"弄得好，拿诺贝尔奖都不是白日梦！"然而早月回国的决心没有变，她身上已有什么短路了。

开完会，早月一个人留在曼谷的宾馆。她对大家说，休假顺利批下来了，准备去附近一处度假村，放松一个星期——看看书，游游泳,在游泳池畔喝冷冰冰的鸡尾酒。"不错嘛,"他们说,"人生是需要舒口气的,对甲状腺也好。"她同朋友们握手、拥抱,约定四年后再会。

翌日一大早,一辆宽大的轿车果然停在宾馆前接她。车是深蓝色的老型号"奔驰",车身无一污痕,擦得如宝石一般赏心悦目,比新车还漂亮,恍若从某人天花乱坠的幻想中直接开下来的。兼做导游的司机是个六十开外的瘦削的泰国男子,身穿棱角分明的雪白的半袖衫,扎一条黑色丝织领带,戴一副深色太阳镜,皮肤晒得黝黑,脖颈细细长长。来到早月跟前时,没有握手,而代之以双手整齐下垂,日本式地微微低了下头。

"请叫我尼米特好了。"他说,"往下一周时间由我陪您。"

不知这尼米特是其姓名的开头还是后尾,反正他是尼米特。尼米特讲的英语十分优雅客气而又简明易懂。语调既非随随便便的美式,又不是拿腔作调抑扬有致的英式,或者不如说几乎听不出轻重音——以前在哪里听过,而到底是哪里却无从记起。

"拜托了。"早月应道。

两人在空气浑浊、嘈杂、低俗、烈日炎炎的曼谷街头穿行。车辆挤得开不动,人们相互怒骂,喇叭声简直如空袭警报一般撕裂空气。这还不算,道路正中竟有大象走动,且不止一头两头。早月问尼米特,大象跑来市中心到底干什么。

"乡下人一头接一头把象带进曼谷市区。"尼米特耐心解释,"象原本是在林业上使用的,但光靠林业难以维持生计,他们就想出个办法:让象进城表演节目来赚外国游客的钱。结果市区大象头数猛增,市民深感不便。何况有的象受惊在街上狂奔乱跑,近来就弄坏了相当数量的车辆。当然警察也是管的,但又不能从象主那里没收象,就算没收了也没地方放。再说饲料费也不是个小数目。所以,只好这么听之任之。"

车好歹穿出市区,开上高速公路,一路向北疾驰。他从杂物箱里取出盒式磁带放进音响机,调低音量。爵士乐令人怀念的旋律。在哪里听过。

"可以的话,音量调大点儿好么?"早月说。

"好的。"说着,尼米特调高了音响的音量。曲名是《难以启齿》(I Can't Get Started)。同往日常听的演奏一模一样。

"霍华德·麦吉(Howard McGhee)的小号,莱斯特·扬

（Lester Young）的高音萨克斯管。"早月自言自语地低声道，"在JATP演奏的。"

尼米特扫了一眼早月映在后视镜里的脸："噢，大夫您也懂爵士乐嘛。喜欢么？"

"父亲是个热心的爵士乐迷。小时候常听来着。同一演奏连放好几遍，就记住了演奏者的名字。说对名字，可以得到糖果，所以现在都记得清清楚楚。不过全是老爵士乐，新人可就一无所知了。莱昂内尔·汉普顿（Lionel Hampton），巴德·鲍维尔（Bud Powell），厄尔·海因斯（Earl Hines），哈里·爱迪生（Harry "Sweets" Edison），巴克·克莱顿（Buck Clayton）……"

"我也只听老爵士乐。"尼米特说，"令尊做什么工作？"

"也是医生，小儿科。我上高中后不久就去世了。"

"不幸。"尼米特说，"您现在也听爵士乐的？"

她摇摇头："已经许久没正经听了。结婚对象偏巧讨厌爵士乐，音乐除了歌剧别的几乎一概不听。家里倒是有蛮高级的组合音响，但一放歌剧以外的音乐，他就满脸不快。我猜想，歌剧爱好者恐怕是世界上心胸最狭隘的群体。和丈夫已经分手了，往后即使到死都不听歌剧,我也不至于感到怎么寂寞。"

尼米特轻轻点头,再没说什么,只是静静握着"奔驰"的方向盘,视线定定地落在前方路面上。他转动方向盘的手势甚为潇洒,手准确地搭在同一位置,以同一角度转动。乐曲换成埃罗尔·加纳(Erroll Garner)的《四月的回忆》(I'll Remember April),同样撩人情怀。加纳的《海滨音乐会》(Concert by the Sea)是父亲百听不厌的唱片。早月闭起眼睛,沉浸在往日的回忆里。父亲患癌症去世之前,她周围的一切无不顺顺当当,糟糕事一件也没发生。而那以后舞台突然变暗(意识到时父亲已经不在了),一切都掉头转往坏的方向,简直就像开始了毫不相关的另外一章。父亲死后不到一个月,母亲就把一堆爵士乐唱片连同音响装置处理得一干二净。

"您是日本什么地方人?"

"京都。"早月说,"在那里住到十八岁,那以后几乎没回去过。"

"大概、大概京都就在神户旁边吧?"

"远是不远,不过也不是在旁边。至少地震没太受影响。"

尼米特把车开上超车道,轻轻松松一连超过好几辆满载家畜的卡车，而后又转上快车道。

"那比什么都好。上个月神户大地震死了不少人，从新闻报道上看到了，非常令人悲痛。您熟人里边没有住在神户的吗？"

"没有。我的熟人没一个住在神户，我想。"她说。但这不是事实，神户住着**那个男人**。

尼米特沉默一会儿，之后，他约略朝她这边歪了歪头，说道："可也真是不可思议，地震这东西。我们从来都深信脚下地面是牢固不动的，甚至有'脚踏大地'这样的说法。想不到有一天事情突然变得不是那样。本应坚固的地面、岩石竟变得液体一样软软乎乎。在电视新闻上听到了，是叫'液状化'吧？好在泰国几乎没有大的地震……"

早月背靠座席，闭目合眼，默默倾听埃罗尔·加纳的演奏。恨不得把**那个男人**垫在什么又硬又重的物体下面，压成肉饼，或者被到处液状化的大地吞进去。**自己长期盼望的只此一事**。

尼米特驾驶的车在下午三点到达目的地。正午曾在高速公路旁的服务点停车小憩，早月在那里的自助餐厅喝了一杯泛起粉末的咖啡，吃了半个甜甜圈。她预定逗留一个星期的是山里一处高级度假村。一排建筑物坐落在可以俯视山谷溪流的地方，山坡上开满艳丽的原色花朵，鸟儿们一边尖利地叫着，一边在树间飞来飞去。为她安排的房间在一座独立小别墅里，浴室宽敞明亮，床带有雅致的华盖，二十四小时客房服务。一楼服务厅有图书室，可以借书、CD和录像带。到处一尘不染，设施齐全，不惜工本。

"今天路上那么久，想必疲劳了，请慢慢休息，大夫。明天上午十点来接您，带您去游泳池。只要准备毛巾和游泳衣就可以了。"尼米特说。

"游泳池？度假村里不是有个很大的么？听说是这样。"

"度假村里人多拥挤。拉波波特先生告诉我，说您要真真正正地游泳，所以我在附近物色了一处可以正正规规游泳的游泳池。费用另付，但数额不大。保证您满意，我想。"

约翰·拉波波特是为她安排这次旅游行程的美国朋友。此人自红色高棉掌权时起就作为报社特派员在东南亚转来转去，在泰国也有很多朋友。他把尼米特作为导游兼司机推荐给了早月，不无调皮地对她说："你什么都不用想，总之一切交给尼米特那个人就是，肯定顺顺当当，那个人可不是一般人物。"

"好的,听你安排。"早月对尼米特说。

"那么,明天十点见。"

早月打开行李,展平连衣裙和西服裙的皱纹,搭上衣架,之后换上泳衣去游泳池。果然如尼米特所说,当真游泳是不成的。正中有一道漂亮的瀑布,浅水部分孩子们在扔球。她放弃了游泳,躺在阳伞下,要了一杯"佩佩叔叔"(Tio Pepe)雪利酒掺巴黎水的饮料,接着看约翰·勒卡雷新写的小说。看书看累了,便用帽子遮住脸睡一会儿。梦见了兔子。梦很短。一只兔子在铁丝笼里发抖。时值半夜,兔子似乎预感将发生什么。起初她从笼外观察兔子,可意识到时,她本身成了兔子。她在黑暗中隐约看到了**什么**的姿影。醒后口中仍有不快的余味。

她知道**那个男人**住在神户,其住所和电话号码也都知道。她一次也没看丢他的行踪。震后马上往他家打了电话,当然没通。但愿他那房子成了一堆瓦砾,全家身无分文地露宿街头。想到你对我的人生的所作所为,想到你对我**本应生下的**孩子干的勾当,这点报应岂非罪有应得!

尼米特物色的游泳池从别墅开车要三十分钟,途中翻过一座山，山顶附近是一片有很多猴子的树林。灰毛猴们沿路边坐成一排，以算命似的眼神定定地注视着疾驰而去的汽车。

游泳池位于颇有神秘意味的开阔地带正中。周围全是高墙，一道看上去很重的大铁门。尼米特落下车窗玻璃寒暄一声，门卫马上一声不响地把门打开。沿砂路前行不远，有一座旧的石砌两层楼，楼后有一泓形状狭长的游泳池。破败感多少有一点儿，却是正正规规的游泳池，长二十五米，三条泳道，四周是草坪院落和树林。水很漂亮，无一人影，池畔摆着好几把旧木框帆布椅。四下鸦雀无声，不像有人住的样子。

"意下如何？"尼米特问。

"好极了！"早月说，"可是体育俱乐部什么的？"

"像是。不过因为某种缘故，眼下几乎没人用。您一个人只管随便游好了，已经打好招呼了。"

"谢谢。你很能办事。"

"过奖了。"说着，尼米特面无表情地报以一礼。此人甚是古板。

"那边小平房是更衣室，带洗手间和浴室，随便用。我在车附近等着，需要什么，请叫一声。"

早月年轻时就喜欢游泳，一有时间便往体育馆游泳池跑。因为有教练指导，所以学会了正规游法。游泳时可以把各种不快的记忆从脑海中驱逐出去，游得久了，心情便舒展开来，仿佛自己成了空中飞翔的小鸟。由于坚持适度锻炼，迄今为止既未病倒过，又不曾有过什么不适感，多余的肉也没附上身。当然，和年轻时不同，弧形部位已不那么分明了，尤其是腰间死活都有脂肪厚厚地贴将上来。但这也不能苛求，又不是当广告模特。看上去应该比实际年龄小五岁，这已相当不错了，她觉得。

中午时分，尼米特用银盘端来冰红茶和三明治。三明治漂亮地切成三角形，里面有蔬菜和奶酪。

"您做的？"早月惊讶地问。

尼米特约略绽开表情："不是，大夫，我不做饭菜。请人做的。"

她想问是谁，但马上作罢。还是按拉波波特所说，默默地交给尼米特办好了，那样一切都会一帆风顺。蛮有水平的三明治。吃罢休息，用随身带的随身听听尼米特借给的古德曼（Benny Goodman

| 泰国之旅 |

Sextet)的六重奏磁带,看书。午后又游了一会儿,三点来钟返回别墅。

五天时间过得一模一样。她尽情游泳,吃蔬菜奶酪三明治,听音乐,看书,除游泳池外哪也没去。早月需要的是百分之百的休息,是**全然不思不想**。

在此游泳的总是早月一个人。这座位于山谷间的游泳池,用的可能是抽上来的地下水,凉津津的,刚下水时凉得令人屏息,要游上好几个来回才能觉得水温恰到好处,身体才能暖和过来。爬泳游累了,便摘了防水镜仰泳。白白的云絮在空中飘浮,鸟儿和蜻蜓从头上飞过。早月心想,若能永远如此多妙。

"你在哪儿学的英语?"游泳归来途中,早月在车上问尼米特。

"我在曼谷市内给一位挪威宝石商开车,开了三十三年。那期间一直用英语同他交谈。"

原来如此,早月明白过来了。这么说,在巴尔的摩那家医院工作时,同事中有一位挪威医生,讲的便是这般模样的英语。语法一丝不苟，语调少有起伏，不出现俚言俗语，而且简洁易懂，但多少有点单调乏味。来泰国居然听到地道的挪威式英语，事情也真奇妙。

"那位先生喜欢爵士乐，在车上总用磁带来听。这样，我作为司机也就自然而然地对爵士乐发生了兴趣。他三年前去世时，连车带磁带都让给了我，现在播放的就是其中一盒。"

"就是说，雇主去世后你开始独立，为外国人当导游兼司机了？"

"正是。"尼米特说，"泰国导游兼司机的人固然不少，但自己拥有'奔驰'的恐怕只我一个。"

"你肯定得到雇主信任来着。"

尼米特沉默良久，似乎不知如何回答是好，之后开口道："大夫，我是独身，从没结过婚。三十三年时间里，可以说我每天都是那位先生的影子。跟他去所有的地方，帮他做所有的事，简直成了他的一部分。久而久之，连我自己真正需求什么都渐渐模糊起来。"

尼米特略微调低音响的音量。音色厚重的高音萨克斯管正在独奏。

"就说这支曲吧。他对我说:'好么,尼米特,好好听这曲子,听柯尔曼·霍金斯(Colman Hawkins)即兴演奏的每一个音节,一个都不要听漏。竖起耳朵,听他想用一个个音节向我们诉说什么。他诉说的是自由魂——力图从胸中挣脱出去的自由魂的故事。这样的灵魂我身上有,你身上也有。喏,听出来了吧?那热辣辣的喘息,那心的震颤?'我就一遍又一遍反复地听,全神贯注地听,听出了灵魂的呐喊。但我没有把握,不知是不是果真用自己的耳朵听出的。同一个人相处时间久了,并且言听计从,在某种意义上就和他同心同体了。我说的您可理解?"

"大概。"

听尼米特如此述说的时间里,早月蓦然觉得他同主人说不定有同性恋关系。当然这不过是直觉性推测,并无根据。不过倘若这样假设,他的意思似乎就不难理解。

"可是我一点也不后悔。假如人生再一次给到我手上,我也势必做相同的事,完全相同的事。您怎么样呢,大夫?"

"不清楚啊,尼米特。"早月应道,"预料不出。"

尼米特再没作声。他们越过有灰毛猴的山，返回别墅。

最后一天——翌日要回日本那天，游泳归来途中，尼米特把早月领到附近一个村庄。

"大夫，有个请求，"尼米特对着后视镜中的早月说，"一个私人请求。"

"什么事呢？"早月问。

"能给我一个小时左右么？有个地方带您去一下。"

早月说没关系，也没问什么地方。她早已打定主意：凡事只管交给尼米特好了。

那个妇女住在村庄最尽头处一座小房子里。穷村子，破房舍。山坡上是像叠积起来一般的逼仄的水田。家畜又瘦又脏。路面全是水洼。到处飘着牛粪味儿。阳物整条探出的公狗四下转来嗅去。50cc的摩托车发出刺耳的噪音，把泥水溅往两侧。近乎一丝不挂的儿童并立路旁，目不转睛地盯着尼米特和早月的汽车穿过。早月又吃了一惊，想不到那么高级的度假村近旁就有如此寒碜的村落。

是个老女人，大概快八十岁了。皮肤如粗糙的皮革一般黑乎乎的，深深的皱纹成了纵横的沟壑遍布全身。腰弯了，穿一件尺寸不合身的松松垮垮的裙子。见到她，尼米特合起双手致意，老年妇女也合起双手。

早月同老女人隔桌对坐，尼米特坐在横头。尼米特同老女人先说了一会什么。对方的声音与年龄相比有力得多，牙也似乎完整无缺。随后老女人面对正前方，注视着早月的眼睛，目光敏锐，一眨不眨。给对方一看，早月很有些沉不住气，觉得自己好像成了被关进小屋子无路可逃的小动物。意识到时，她已浑身冒汗，脸上发烧，呼吸变粗，于是想从手袋里掏激素药片咽下去。但没有水，矿泉水放在车上。

"请把双手放在桌上。"尼米特说。

早月按他说的做了。老女人伸出手，握住早月的右手。那手不大，但很有力。对方一言不发，只管握住早月的手，端视早月的眼睛，如此大约过了十分钟（或者两三分钟也未可知）。早月懒懒地回视老女人的眼睛，不时用握在左手里的手帕擦一把额头的汗。十分钟后，老女人大大吁了口气，放开早月的手，随即转向尼米特，用泰语讲了一阵子。尼米特译成英语：

"她说你体内有一颗石子,又白又硬的石子,大小同小孩拳头差不多。至于从哪里来的,她也不知道。"

"石子?"早月问。

"字是写作'石'。因是日语,她不会念。用黑墨小小地写着什么字。是颗旧石子,想必你带着它度过了好多年月。你一定要把石子扔到什么地方去才行,否则死后烧成灰,也还是有石子剩下。"

接着,老女人转向早月,用缓慢的泰语说了很多。从音调上可以听出内容很重要。尼米特又译成英语:

"不久你可能梦见大蛇,一条从墙洞里长拖拖地爬出来的大蛇。绿色,浑身是鳞。蛇爬出一米左右时,你要抓住它的脖子,抓住别松手。蛇看上去可怕,但不加害于人。所以不要害怕,双手紧紧抓住。用全力抓,把它当成你的命脉,抓到你醒来为止。蛇会把你的石子吞下去的。明白了?"

"可那到底……"

"请说**明白了**。"尼米特用严肃的声音说。

"明白了。"早月说。

老女人静静地点头,然后再次转向尼米特说了些什么。

"那个人没死。"尼米特翻译道,"完好无损。这或许不是你所希望的,但对你实在是幸运的事。感谢自己的幸运!"

老女人又对尼米特短短地说了一句。

"结束了。"尼米特说,"回别墅吧。"

"那是占卜什么的吧?"车中,早月问尼米特道。

"不是占卜,大夫。如同你治疗人们的身体一样,她治疗人们的心灵。主要预言梦。"

"那样的话,该放下酬金才是吧。事情来得突然,让我好生吃惊,都忘得一干二净了。"

尼米特准确地快速转动方向盘,拐过山路的急转弯。"我付过了。款额不值得您介意,权作我个人对您的好意好了。"

"这为什么?"

"您很漂亮,大夫。聪明、刚强,但看上去心上总像有一道阴影。往后,你要准备慢慢走向死神才行。若在生的方面费力太多,就难以死得顺利。必须一点点换挡了。生与死,在某种意义上是等价的,大夫。"

"我说,尼米特。"早月摘下太阳镜,从靠背上欠起身。

"什么,大夫?"

"你可做好顺利死去的准备了?"

"我已死去一半了,大夫。"尼米特像是在诉说一件理所当然的事。

这天夜里,早月在宽大洁净的床上哭了。她认识到自己正缓缓地向死亡过渡,认识到自己体内有一颗又白又硬的石子,认识到浑身是鳞的绿蛇正潜伏在某处黑暗中。她想起未曾出生的孩子。她抹杀了那个孩子,投进无底井内。她恨一个男人持续恨了三十年之久,唯愿他痛苦不堪地死去,为此她甚至在心底盼望发生地震。在某种意义上,那次地震是自己引起的。那个男人把自己的心变成了石头,把自己的身体变成了石头。灰毛猴们在远方山中默默无声地注视着她。"**生与死,在某种意义上是等价的,大夫。**"

在机场服务台托运行李后,早月把装在信封里的一百美元递给尼米特,说:"多谢你了,你让我度过一个愉快的休假,这是我个人性质的礼物。"

"让您破费了,谢谢,大夫。"

"对了,尼米特,可有时间和你两人在哪里喝杯咖啡?"

"乐意奉陪。"

两人走进咖啡屋,早月喝清咖啡,尼米特加了好些牛奶。早月在咖啡托上久久地一圈圈转动杯子。

"说实话,我有个秘密,有个以前没向任何人公开的秘密。"早月对尼米特开口道,"一直无法说出口去,始终一个人怀揣这个秘密度日。但今天我想请你听一听,因为恐怕再见不到你了。我父亲突然死了以后,母亲一句也没跟我商量就……"

尼米特朝早月摊开双手,断然摇头道:"大夫,求求您,往下什么都不要对我说。您要按那老女人说的做,等待梦的到来。我明白您的心情,可一旦诉诸话语,就成了谎言。"

早月吞回话头,默然合上眼睛,大大地吸了口气、吐出。

"等待梦,大夫。"尼米特劝服似的说道,"现在需要的是忍耐,抛掉话语。话语会成为石子的。"

他伸出手,悄然抓住早月的手,手的感触是年轻轻、光滑滑的,令人感到不可思议,就好像一向保护在高级手套里似的。早月睁眼看他。尼米特松开手,在桌面上交叉起十指。

"我的挪威主人出生于拉普兰德。"尼米特说。"您大概知道,拉普兰德在挪威也是最北边的地方,有许多驯鹿。夏天没夜晚,冬日没白天。他来泰国怕是因为受够了那里的寒冷,毕竟位置完全相反嘛。他热爱泰国,决心埋骨于泰国,可是直到去世那天他都在怀念自己的生身故乡——拉普兰德城。他经常向我提起那个小城。尽管如此,三十三年时间里他一次也没返回过挪威,其中肯定有某种特殊缘由。他也是个身怀石子的人。"

尼米特拿起咖啡杯,喝了一口,然后小心翼翼放回咖啡托,不让它发出声响。

"一次他跟我谈起北极熊,说北极熊是何等孤独的动物。它们一年只交配一次,知道吗,一年仅仅一次。夫妇那样的关系,在它们的世界里是不存在的。冰封雪冻的大地上,一只公熊同一只母熊不期而遇,在那里交配。交配时间不长。交配一完,公熊就像害怕什么似的,慌忙从母熊身上跳下,跑着逃离交配现场——那可真叫一溜烟,头也不回地逃开。往下一年时间,它就在深深的孤独中度过。根本不存在所谓相互交流那样的东西,也没有心的沟通,这就是北极熊的生活。总之——至少——我的主人是这样跟我讲的。"

"很有些不可思议。"早月说。

"是啊,是不可思议。"尼米特现出一本正经的神情,"当时我问主人来着:那么北极熊活着到底为了什么?结果主人浮现出得意的微笑,反问我说:'喂,尼米特,那么,**我们**活着又到底是为了什么呢?'"

飞机离陆起飞,系好安全带的提示消失了。我将这样重返日本,早月想道。她打算考虑一下将来,旋即作罢。话语将成为石子,尼米特说。她深深缩进座位,合起双眼。她想起在游泳池仰泳时望见的天空颜色,想起埃罗尔·加纳演奏的《四月的回忆》旋律。她想睡一觉。反正要先睡一觉,然后等待梦的到来。

青蛙君救东京

片桐一进宿舍，见一只巨大的青蛙正在等他。青蛙两条后腿立起，高达两米有余，且壮实得可以。片桐仅一米六，又瘦，完全给青蛙的堂堂仪表镇住了。

"请管我叫青蛙君好了。"青蛙声音朗朗地说。

片桐说不出话，只顾大张着嘴站在门口不动。

"别那么大惊小怪，根本不会加害于你，请进来关上门再说。"青蛙君道。

片桐仍然右手提公文包，左手抱着装有青菜和三文鱼罐头的超市纸袋，一步也挪动不得。

"喂喂，片桐先生，快关门脱鞋呀。"

听得对方叫自己名字，片桐这才醒过神来，于是乖乖关上门，

青蛙君救东京

纸袋放在地板上，公文包却仍然挟在腋下，脱去皮鞋，然后被青蛙君领到厨房餐桌旁的椅子坐下。

"我说片桐先生，"青蛙君说，"你不在家时我擅自登堂入室，实在有失礼节，你怕也吃惊不小。不过此外别无他法。如何，不来点茶吗？料想你快回来了，水已经烧好。"

片桐腋下仍紧紧挟着公文包。怕是一种恶作剧吧？是谁披一张青蛙画皮来寻自己开心吧？可这个哼着小曲往茶壶里倒水的青蛙君，无论体形还是动作，怎么看都是地道的青蛙无疑。青蛙君将一个茶杯放在片桐眼下，一个放在自己面前。

"多少镇定些了吧？"青蛙君啜着茶说。

片桐依然瞠目结舌。

"按理，该事先约定好了才来。"青蛙君说，"这点我十分清楚，片桐先生。一回家就突然一只大个儿青蛙等在那里，无论谁都会吓一大跳。不过，我的确是为一件非常重大的急事而来，失礼之处，还望包涵。"

"急事？"片桐好容易说出了一句还算是话的话来。

"是急事，片桐先生。再怎么说，我也不至于无事随便跑到别人家来。我并非那么不懂规矩。"

"同我工作有关的事情？"

"回答既是 Yes，又是 No。"青蛙君歪起头道，"既是 No，又是 Yes。"

片桐心想，这回可要冷静些才行。"吸支烟不碍事吧？"

"不碍事，不碍事。"青蛙君笑吟吟地说，"不是你的家么？用不着一一向我请示。烟也好酒也罢，悉听尊便。我本身倒是不吸烟，可总不至于在别人家里强调自己的厌烟权。"

片桐从风衣袋里掏出香烟，擦燃火柴。给烟点火时，他觉察手在颤抖。青蛙君从对面座位上饶有兴味地注视这一连串动作。

"说不定，你是跟哪个团伙有关系吧？"片桐一咬牙，问道。

"哈哈哈哈哈哈，"青蛙君笑了起来，笑声高亢而开朗，笑罢用带蹼的手"啪"一声拍了下膝盖。"你片桐先生也够有幽默感的嘛。可问题是——不是吗——这世上就算再人才紧缺，暴力团也不至于雇用什么青蛙吧？那样岂不沦为世间笑柄？"

"你若是前来交涉推迟还贷的事，那可是白跑腿。"片桐说得斩钉截铁，"我个人毫无决定权。我不过依照上头的决定，奉命行事罢了，什么忙也帮不上你，无论哪种形式的。"

"我说片桐先生，"说着，青蛙君将一根手指朝上竖起，"我不是为那种鸡毛蒜皮的琐事登门拜访的。你是东京安全信用银行新宿分行贷款管理科股长助理，这点我知道。但我要谈的同偿还贷款没有关系，我所以来此，是为了挽救东京，使东京免遭毁灭。"

片桐环视四周：说不定有摄像机在对准这场煞有介事的恶作剧。但哪里也没有什么摄像机，一间小宿舍罢了，没有地方容得下一个人藏身。

"这里除了你我不存在任何人，片桐先生。你大概觉得我这青蛙神经出故障了吧？或者以为是白日做梦也不一定。可我神经没出故障，你也不是白日做梦——事情没有比这更严肃的了。"

"喂，青蛙先生，"片桐说。

"青蛙君！"青蛙君又竖起一指纠正道。

"喂，青蛙君，"片桐改口道，"不是我不信任你，只是我没能很好地把握事态。现在这里到底发生了什么，我还弄不明白。所以，提个小问题可以么？"

"可以可以。"青蛙君说，"相互理解至为重要。有人说理解不过是误解的总体,我也认为这一见解十分有趣,其中自有道理。遗憾的是眼下我们没有那么多时间来绕这个愉快的弯子。如果能以最短距离达到相互理解,那是再妙不过的。所以,有什么尽管问好了。"

"你可是真正的青蛙?"

"当然是真真正正的青蛙,如你所见。不是隐喻不是引用不是解构主义不是抽样调查——不是那种麻麻烦烦的玩意儿,而是实实在在的青蛙。不信我叫一声看看?"

青蛙冲天花板大动其喉结:咕哇、咕哇,咕哇咕哇哇——、咕咕哇。叫声振聋发聩,触在墙壁上的额头都一下一下发颤了。

"明白了。"片桐慌忙道。宿舍的墙很薄。"可以了,你果然是真正的青蛙。"

"或许也可以说我是作为总体的青蛙。就算那样,也改变不了我是青蛙这一事实。假如有人说我不是青蛙,那家伙定是卑鄙的说谎鬼,要坚决把他砸得粉身碎骨!"

片桐点下头,拿杯子喝了口茶,让心情镇静下来。

"你说要让东京免遭毁灭?"

"说了。"

"究竟是怎样一种毁灭呢?"

"地震。"青蛙君以沉重的语气说。

片桐张嘴看着青蛙君,青蛙君也好一会不声不响地盯视片桐,双方就这样对视着。随后,青蛙君开口道:

"非常非常之大的地震。地震将于二月十八日早上八时半左右袭击东京,也就是三天后。程度恐怕比上个月的神户大地震还要严重,预计地震将使大约十五万人丧生,大多数死于交通高峰时间段的车辆脱轨、倾翻和相撞。高速公路四分五裂。地铁土崩瓦解。高架电车翻筋斗。煤气罐车大爆炸。大部分楼房化为一堆瓦砾,把人压瘪挤死。到处火光冲天。道路全然不堪使用,救护车和消防车也成了派不上用场的废物。人们只能无谓地死去。死者十五万人哟!不折不扣的地狱。人们将重新认识到城市这一集约化状态是何等的不堪一击。"说到这里,青蛙君轻轻摇了下头。"震源就在新宿区政府附近,即所谓垂直型地震。"

"新宿区政府附近?"

"准确说来,就是东京安全信用银行新宿分行的正下方。"

一阵滞重的沉默。

"那么就是说,"片桐道,"你是想阻止这场地震的发生?"

"是的。"青蛙君点了下头,"正是。我和你一起下到东京安全信用银行新宿分行的地底,在那里同蚯蚓君战斗。"

片桐作为信用银行贷款科的职员,此前可谓身经百战。大学毕业就在东京安全信用银行工作,十六年来一直从事贷款管理业务。一句话,就是负责追还贷款。这绝对不是讨人喜欢的活计。谁都想负责向外贷款,尤其在泡沫经济时代。由于资金过剩,凡有大致可作担保的土地、证券之类,贷款员都几乎有求必应,要多少贷多少,业绩亦由此而来。然而贷款鸡飞蛋打的时候也是有的,这种时候出面处理就成了片桐们的差事。特别是在泡沫经济破灭之后,他们的工作量直线上升。首先是股票下跌,继之地价下挫。而这样一来,担保就失去了本来意义。上头给的死命令是:务必抠现金回来,不管多少!

新宿歌舞伎町是暴力的迷宫地段,既有早已有之的黑帮,又有韩国系统的暴力团组织,还有中国人组成的黑社会。枪支、毒品泛滥成灾。巨额资金由一只黑手流向另一只黑手，从不浮出水面。人如烟雾消散一般杳无踪影也不算什么稀罕事。去催还贷款时，片桐也有几次遭到黑帮分子的包围，一片喊打喊杀声。不过他倒没怎么害怕。杀死信用银行的外勤人员又何用之有呢？要杀便杀好了！所幸他一无妻子二无子女，双亲早已去世，弟妹也由自己费心费力送出大学结婚成家了，即使现在被杀死在这里，也不会麻烦什么人。或者说，片桐本身也不感到有何麻烦。

不料片桐这样眉头都不皱一下地泰然自若，围攻他的黑帮分子反倒似乎不知所措了。片桐因之在这个圈子里变得小有名气，被公认为胆量过人。但此时，片桐却一筹莫展，完全摸不着头脑。到底是怎么一码事呢？蚯蚓君？

"蚯蚓君指的谁呢？"片桐战战兢兢地问。

"蚯蚓君住在地下，庞然大物，一皱肚皮就起地震。"青蛙君说，"而且马上就要皱肚皮了，大皱特皱。"

"蚯蚓君恼火什么呢？"

"不知道。"青蛙君说，"谁都不晓得蚯蚓君黑乎乎的脑袋里想什么，连长得什么样都几乎没人瞧见。平时他总是一个劲儿昏睡不醒，已经在地底的黑暗与温暖中连续睡了几年几十年之久。眼睛自然也退化了，脑浆在睡眠过程中化得黏黏糊糊，成了另外一种东西。我猜想他实际上已什么都不考虑，仅仅用身体感受远处传来的声响和震颤，一点一点吸纳、积存起来罢了。并且，其中的大部分由于某种化学作用，都转换成仇恨这一形式。至于何以如此，我是不明白，这是我无从解释的。"

青蛙君注视着片桐的脸，沉默良久。他在等待自己的话语渗入片桐的脑袋。随后，他又说了下去：

"您可别误解了，我个人对于蚯蚓君绝对不怀有反感或敌对情绪，也不认为他是恶的化身。当然啰，想交朋友的念头也谈不上。不过我想在某种意义上，蚯蚓君那样的存在对于世界恐怕也是必要的。问题是时下的他已成为不可坐视不理的危险的存在。这次他睡的时间实在太长了。由于长年累月吸纳积蓄的种种憎恨，蚯蚓君的身心现已空前膨胀。何况上个月的神户大地震又突然打破了他深沉而惬意的安眠，惹得他怒不可遏。他要把怒气一股脑儿爆发出来，给地面带来骇人听闻的灾难：也罢，既然如此，我也在东京城搞一次大地震好了！关于地震的日期和规模，我已从几只要好的巨虫那里得到了可靠情报,确凿无误。"

青蛙君闭上口,说累了似的轻轻合起眼睛。

"所以,"片桐说,"你我两人将潜入地下同蚯蚓君战斗,阻止地震的发生?"

"一点不错。"

片桐拿起茶杯,又放回桌面。"我还是没弄明白,你为什么选我作你的搭档呢?"

"片桐先生,"青蛙君目不转睛地盯视片桐的双眼,"我一向敬佩你的为人。十六年里,你默默从事着别人不愿干的、不惹人注意而又危险的工作,我十分清楚这是何等的不容易。遗憾的是,无论上司还是同事,都没对你的工作表现给予应有的评价。那帮人肯定还没意识到。可是你毫无怨言,不被承认也好,不出人头地也好。

"不光是工作。父母双亡以后,你一个男人一手把十几岁的弟妹培育成人,送进大学,连结婚都是你操的心。为此,你不得不大量牺牲自己的时间和收入,自己却没结上婚。然而弟妹们根本不感谢你这番操劳,半点感谢的意思都没有,反而瞧不起你,干的全是忘恩负义的勾当。让我说来,这简直十恶不赦,真想替你狠狠教训他们一顿。而你，却不怎么生气。

"坦率地说，你是有些其貌不扬，又不能说会道，所以才被周围人小看。但我清楚得很，你是一位堂堂正正的富有勇气的男子汉。虽然东京城大人多，但作为共同战斗的战友，唯独你最可信赖。"

"青蛙先生，"片桐说。

"青蛙君！"青蛙君又竖起指头纠正。

"青蛙君，你对我怎么了解得这么详细？"

"我这么长时间的青蛙也不是白当的，世上该看的东西都一一看在眼里。"

"不过，青蛙君，"片桐说道，"我力量不大，地底情况又一无所知，一团漆黑中跟蚯蚓君斗，我还是觉得力不胜任。比我更厉害的人也是有的吧？耍空手道的啦，自卫队的特攻队员啦……"

青蛙君飞快地转了一圈眼珠。"片桐先生，实际战斗任务由我承担。但我一个人干不来，关键就在这里。我需要你的勇气与正义感，需要你在我身后鼓励我——'青蛙君，上！别怕，你一定胜，你代表正义！'"

青蛙君大大地张开双臂,又"啪"一声搁在膝头上。

"实话跟你说,我也害怕摸黑跟蚯蚓君战斗。我向来是热爱艺术、同大自然休戚与共的和平主义者,根本不喜欢什么战斗,这次纯属迫不得已。战斗肯定异常激烈,不能活着回来都有可能。但我不躲不逃。如尼采所说,最高的善之悟性,即心不存畏惧。我求之于你的,就是希望你分给我以勇往直前的勇气,诚心诚意地声援我。可明白了?"

话虽这么说,但片桐还是疑团一大堆。可不知为什么,他觉得也未尝不可相信青蛙君所说的——不管内容听起来多么不现实——青蛙君的表情和语气里有一种直透人心的真诚。在信用银行最艰苦的部门摸爬滚打过来的片桐,一向具备感受这种真诚的能力,简直可以说是第二天性。

"片桐先生,我这样一只大个青蛙突然大模大样地跑来端出这码子事,还叫你全盘相信,你肯定要左右为难。这种反应是理所当然的,我认为。所以我要让你看一个证据,以证实我的存在。近来你在为东大熊贸易公司赖账的问题而焦头烂额吧?"

"的确。"

"同暴力团有关系的无赖股东在背后捣鬼,策划让公司破产,以便把贷款一笔勾销。负责贷款的也不充分调查就嘻嘻哈哈甩出钱去,揩屁股的照例是你片桐。可这回的对手不大好惹,怎么都不肯就范,背后甚至还有政治家的影子晃来晃去。贷款总额大约七亿日元。这样理解可以吧?"

"正是这样。"

青蛙君最大限度地向上摊开双手,大大的绿色划水蹼如薄薄的羽翅"刷"地展开了。

"片桐先生,不必担心,交给我这青蛙君好了。明天早上一切将迎刃而解,你只管睡安稳觉就是。"

青蛙君站起身,微微一笑,旋即变得鱿鱼干一般扁平扁平的,"吱溜溜"从闭合的门缝里钻了出去。片桐一人剩在了房间里。餐桌上留下两个茶杯,此外别无显示青蛙君曾在房间里存在过的蛛丝马迹。

翌日九点刚一上班,他桌上的电话便响了。

"片桐先生,"一个男子事务性的语声,冷冰冰的。"我是负责东大熊贸易公司事件的律师白冈。今天早上委托人同我联系——关于此次贷款问题,保证如数偿还,并就此提交备忘录。所以,希望您别打发**青蛙君**过来。重复一遍,委托人希望您别派**青蛙君**上门。至于个中详情,我倒是不能完全理解,不过您片桐先生明白了吧?"

"明明白白。"片桐应道。

"麻烦您转告青蛙君好么?"

"一定转告。青蛙君再不会在那边出现。"

"这就好。那么,备忘录明天给您准备好。"

"拜托。"片桐说。

电话挂断。

当天午休时,青蛙君来到信用银行片桐的房间,道:

"怎么样?东大熊贸易公司的事手到擒来吧?"

片桐紧张地环视四周。

"放心,除了你别人看不见我的。"青蛙君说,"不过我是客观存在这一点,这回你可以理解了吧?我不是你幻想的产物,而是通过实际行动取得那种效果的——我是有血有肉的实体。"

"青蛙先生，"片桐叫道。

"青蛙君！"青蛙君竖起一根手指加以纠正。

"青蛙君，"片桐改口，"你对他们做什么来着？"

"也没做什么大不了的事。我所干的不过比煮小卷心菜略为费点事儿罢了。只是威胁了一下。我给予他们的是精神恐惧。一如约瑟夫·康拉德所写的，真正的恐惧是人们对自己的想象力怀有的恐惧。怎么样？片桐先生，旗开得胜吧？"

片桐点点头，点燃香烟。

"像是啊。"

"那么，可以相信我昨晚的话了吧？和我一起同蚯蚓君战斗可以么？"

片桐叹息一声，摘下眼镜擦拭。"不很感兴趣。真的势在必行不成？"

青蛙君点了下头："这属于责任与名誉问题。即使再不情愿，我和你也只能潜入地下同蚯蚓君决一胜负。万一战败死了，谁也不会同情，而若顺利降服蚯蚓君，也没人表彰。就连脚下很深很深的下面有过这场战斗，人们都不知道。孤独的战斗啊，彻头彻尾的。"

片桐看了一会自己的手,又转眼注视了一会从烟头升起的烟,说道:"跟你说,青蛙先生,我可是个平庸之人。"

"青蛙君!"青蛙君纠正道。

但片桐没有理会。

"我是个非常平庸的人,不,连平庸都谈不上。脑袋开始秃了,肚子也鼓出了,上个月已满四十。还是扁平足,体检时说有糖尿病征兆。同女人睡觉都是三个月以前的事了,且对方是风月老手。催债方面在圈内倒是多少得到了承认,可也并非有人尊敬。银行里也好,私生活方面也好,中意我的人一个也没有的。笨嘴笨舌,怕见生人,交友都不会。运动神经零分一个,唱歌五音不全,三块豆腐高,包茎,近视,甚至散光。一塌糊涂的人生!不过吃喝拉撒睡罢了,干嘛活着都稀里糊涂。这样的人,为什么非救东京不可呢?"

"片桐先生,"青蛙君以奇妙的声音说道,"只有你这样的人才救得了东京。我所以要救东京,也是为了你这样的人。"

片桐再次喟叹一声:"那,我究竟该怎么做呢?"

青蛙君亮出他的计划。二月十七日(即预计地震发生的前一天）深夜钻入地下。入口位于东京安全信用银行新宿分行地下锅炉房内。揭开墙的一部分，有个竖井。顺绳梯下爬五十米左右，即可到达蚯蚓君住的地方。两人半夜时分在锅炉室碰头（片桐以加班名义留在办公楼）。

"既是战斗，可有什么作战方案？"片桐问。

"有的。没有作战方案如何降服对方。毕竟那家伙足有一节车厢大，又浑身滑溜溜的，连口腔和肛门都无法分辨。"

"具体如何作战？"

青蛙君沉吟片刻，"那还是不说为妙吧。"

"就是最好不要打听啰？"

"这么说也并无不可。"

"假如我在最后一瞬间害怕起来，临阵脱逃，你青蛙先生会怎么样呢？"

"青蛙君！"青蛙君纠正道。

"你青蛙君会怎么样呢，在那种情况下？"

"独自战斗。"青蛙君思考一会说道。"较之安娜·卡列尼娜战胜飞奔而来的火车的概率，我一个人战胜那家伙的概率恐怕会多上一点点。你读过《安娜·卡列尼娜》吧?"

片桐说没有读过,青蛙君露出些许遗憾的神色。他肯定喜欢《安娜·卡列尼娜》。

"不过我想你断不至于扔下我一个人逃跑。这点我心里有数。怎么说呢,这属于睾丸问题。遗憾的是我倒没长那玩意儿。哈哈哈哈。"青蛙君张大嘴笑了起来。不光睾丸,牙齿他也没有。

意外事发生了。

二月十七日傍晚,片桐遭枪击了。忙完外勤返回信用银行时,在新宿的路上,突然有个身穿皮夹克的年轻男子蹿到他面前,手里拿着一支小小的黑手枪。由于手枪过黑过小,看上去不像真枪。片桐怔怔地看着对方手中的黑东西,没能察觉枪筒转向自己、扳机即将扣动。事情实在太荒唐太突如其来了。然而子弹出膛了。

他看见反作用力使得枪口向上一跳,同时右肩窝受到冲击,就像被铁锤狠狠砸了一下。片桐以被人踢开的姿势倒在路上。右手提着的皮包飞往相反一侧。对方再次将枪口对准他开了第二枪。他眼前的酒吧招牌应声炸裂。人们的惊呼声传入耳畔,眼镜飞去一边,眼前的一切模糊起来。片桐隐约看见男子端着手枪朝自己走近，心想这下自己可完了。青蛙君说真正的恐惧是对自身想象力怀有的恐惧。片桐果断地关掉想象力开关，沉入没有重量的岑寂之中。

醒来时，片桐已躺在床上。他首先睁开一只眼，悄悄四下打量，接着睁开另一只眼。最先进入视野的，是枕边的不锈钢支架和朝自己身体伸来的打点滴的软管。身穿白大褂的护士也看见了。并且知道自己仰卧在硬板床上，穿一身怪里怪气的衣服，衣服下好像是赤身裸体。

噢，片桐想起来了，自己走路时被谁打了一枪。击中的该是肩，右肩。当时的光景在脑海里历历复苏过来。一想到年轻男子手中的小黑手枪，心脏不由"嗑嗑"发出干响。片桐估计，那帮家伙是真的要弄死自己，但看来自己并未死掉，记忆也很清晰。没有痛感。不仅痛感，连感觉都全然没有。连手都举不起来。

病房无窗，不辨昼夜。遭枪击是傍晚五时之前。到底过去多少时间了呢？同青蛙君约定的半夜时分也已过去了不成？片桐在房间里寻找时钟。但也许眼镜丢了的关系，远一点的地方看不见。

"请问，"片桐招呼护士。

"啊，总算醒过来了，太好了！"护士道。

"现在几点钟？"

护士扫了一眼手表："九点十五分。"

"晚上？"

"不，早上了。"

"早上九点十五分？"片桐脑袋微微从枕头上欠起，以干巴巴的声音问。听起来不像自己的声音。

"二月十八日早上九时十五分？"

"是的。"为慎重起见，护士抬起手腕细看数字式手表的日期。"今天是一九九五年二月十八日。"

"今早东京没发生大地震？"

"东京？"

"东京。"

护士摇摇头："据我所知，没有大地震发生。"

片桐舒了一口气。不管怎么说，总之地震是避免了。

"我的伤怎么样？"

"伤？"护士道，"伤？什么伤？"

"枪伤。"

"枪伤？"

"手枪打的。在信用银行门口附近，一个年轻男子打的。大概是右肩。"

护士的嘴角浮起令人不大舒服的笑纹。"您这是说哪儿的话，您根本没给手枪打伤呀。"

"没打伤？真的？"

"真的一点枪伤也没有，跟今早没发生大地震同样是真的。"

片桐困惑起来，"那，我为什么躺在医院里？"

"昨天傍晚有人发现您昏倒在歌舞伎町的路上。没有外伤，只是人事不省地躺在那里。原因现在还不清楚。一会儿医生来，你再问问看。"

昏倒？可手枪朝自己开火的情景片桐明明看在眼里！他深深吸了口气，试图清理自己的思绪。要一项一项弄个水落石出。

"就是说，我是从昨天傍晚就一直躺在医院的床上，人事不省地？"他问。

"是的。"护士回答,"昨晚你魇得可厉害着哩,片桐先生,您好像做了很多很多噩梦,一次又一次大叫'青蛙君'。青蛙君可是您朋友外号什么的?"

片桐闭起眼睛,倾听心脏的跳动。那跳动正缓慢而有规律地记下生命的节奏。到底什么是实有其事,什么属于想入非非的范围呢?是青蛙君实有其蛙,并且同蚯蚓君战斗从而制止了地震,还是一切均属自己长长的白日梦的一部分呢?片桐不得其解。

这天半夜,青蛙君来到病房。片桐睁眼一看,见青蛙君身体罩在微弱的灯光中。他坐在不锈钢椅子上,背靠着墙,显得憔悴不堪,胀鼓鼓突起的绿色眼珠闭成一条笔直的横线。

"青蛙君!"片桐招呼道。

青蛙君慢慢睁开眼睛。大大的白肚皮随着呼吸一忽儿鼓起一忽儿瘪下。

"本来打算按约定去锅炉房来着,不料傍晚遇上意外,被送到医院来了。"片桐说。

青蛙轻轻摇头:"都晓得了。不碍事,没什么叫你担忧的。你已经充分帮助了我,帮我战斗了。"

"帮助了你？"

"嗯，是的。你在梦中强有力地帮助了我。正因如此，我才总算同蚯蚓君拼杀到最后——你帮助的结果。"

"不明白啊！那么长时间我始终昏迷不醒，还打了点滴，根本不记得梦中自己干了什么。"

"那就足够了，片桐先生。什么都不记得更好。总而言之，所有激战都是想象中进行的，而那恰恰是我们的战场。我们在那里获胜，在那里毁灭。当然，我们——无论谁——都是有限的存在，终归要灰飞烟灭。不过，正如海明威洞察的那样，我们人生的终极价值不取决于获胜的方式，而取决于毁灭的形态。我和你总算使东京城得以免遭灭顶之灾，使十五万人得以逃离地狱之门。我们做到了这一点，尽管任何人都没觉察出来。"

"你是怎样打败蚯蚓君的呢？我又做什么了呢？"

"我们决一死战。我们……"青蛙君就此打住，长叹一声。"我和你片桐先生使出了能搞到手的所有武器，耗尽了全部勇气。黑暗偏袒蚯蚓君一方。你用自己带来的脚踏发电机，为那里倾注了最大限度的光明。蚯蚓君则驱使黑暗的幻影极力要把你赶走。但你岿然不动。一场光明与黑暗的肉搏战。我在光明中同蚯蚓君格斗。蚯蚓君缠住我的身体,往我身上涂黏糊糊的毒液。我将他碎尸万段。但即使碎尸万段,蚯蚓君也不死,不过化整为零罢了。接下去……"青蛙君陷入沉思,接着又绞尽全力似的重新开口:"陀思妥耶夫斯基以无限爱心刻画出被上帝抛弃的人。在创造上帝的人被上帝抛弃这种绝对凄惨的自相矛盾之中,他发现了人本身的尊贵。在黑暗中同蚯蚓君拼杀时,我忽然想起了陀思妥耶夫斯基的《白夜》。我……"青蛙君欲言又止,"片桐先生,睡一会可以么?我累了。"

"睡个够好了!"

"我没有能够打败蚯蚓君。"说着,青蛙君闭上眼睛。"地震固然勉强阻止了,但同蚯蚓君的格斗却是不分胜负。我打伤了他,他打伤了我……不过,片桐先生。"

"嗯?"

"我的确是纯粹的青蛙君,但同时我又是象征着**非青蛙君**世界。"

"不大明白。"

"我也不很明白。"青蛙君依然闭目合眼,"只是有那么一种感觉。目睹的东西未见得都是真实的。我的敌人也是我自身内部的我。我自身内部有个**非我**。我的脑袋里好像一片混沌。火车来了。可我还是希望你能理解这点。"

"青蛙君,你累了。睡一觉就好了。"

"片桐先生,我这就一步步返回混沌。可是,如果……我……"

青蛙君就此失去了话语,进入昏睡状态。他长长的双手软绵绵地垂下,差不多垂到地板,扁平的大嘴微微张开。细看之下,他身上到处都有很深的伤口,变了色的筋纵横交错,头部有一处裂开,凹陷了下去。

片桐久久注视着昏昏沉睡的青蛙君,心想出院后一定要买《安娜·卡列尼娜》和《白夜》看看,就这些文学问题同青蛙君畅谈一番。

又过一会,青蛙君开始一抽一抽地动起来。起初片桐以为他是在睡梦中晃动身体,后来渐渐看出情况并非如此。青蛙君动得有欠自然,就像有人从后面摇晃一个巨大偶人似的。片桐屏住呼吸,继续静静观察。他想起身走到青蛙君旁边,但四肢麻木,动弹不得。

片刻,青蛙君紧挨眼睛的上边那里出现了一个大瘤,越鼓越大,肩部和侧腹也如鼓气泡一般鼓起了同样难看的瘤。他成了浑身是瘤。片桐想象不出正在发生什么,只管屏息敛气地盯看这番光景。

随后,一个瘤突然崩裂,"砰"一声,皮肤四下飞溅,稠乎乎的液体随即喷出,腾起一股难闻的气味。其他瘤也一个接一个同样裂开。共有二三十个瘤崩裂,墙上溅满肤屑和黏液。忍无可忍的恶臭充满狭小的病房。瘤裂开后现出黑洞,大大小小各种各样的蛆从中一伸一缩地爬出。软乎乎的白蛆。蛆虫后头,小小的蜈蚣也探出头来。它们那无数的脚发出令人惧怵的声响。虫们接连不断爬出,青蛙君的身体——曾是青蛙君身体的物体——给花样繁多的黑虫遮蔽得严严实实。又圆又大的两颗眼珠从眼窝"啪嗒"掉在地上,尖嘴黑虫们围住眼珠大啃大嚼。大群蚯蚓争先恐后地一溜溜爬上病房墙壁,转眼爬上天花板,遮住荧光灯,挤进火灾报警器。

地板也给虫子爬得满满的。虫们爬上台灯,挡住灯光。当然它们也爬上床来,各种各样的虫子钻进片桐的被窝。它们顺着片桐的双腿,爬进睡衣,爬进胯间。小的蛆虫和蚯蚓从肛门、耳、鼻钻入体内。蜈蚣撬开他的嘴,接二连三挤入口腔。片桐在极度绝望中大叫了一声。

有人开灯,灯光涌满房间。

"片桐先生!"护士招呼道。

片桐在灯光中睁开眼睛,全身大汗淋漓,竟同淋过水一般。虫们早已不见,唯独滑溜溜的感触留在身上。

"又做噩梦了吧?可怜!"说着,护士迅速做好注射准备,将针头插进他的手臂。

片桐一声不响,长长地深深地吸了口气,而后吐出。心脏急剧地一起一落。

"又梦见什么了?"

他仍然弄不确切是梦境还是现实。

"目睹的东西未见得都是真实的。"片桐像是说给自己听似的这样说道。

"是啊,"护士微微一笑,"尤其是做梦的时候。"

"青蛙君。"他嘟囔一句。

"青蛙君怎么了?"

"青蛙君一个人救了东京,东京这才免遭震灾。"

"太好了！"护士说，随即换上新点滴。"那太好了！东京没必要比现在折腾得更厉害，现有的已足够受的了。"

"可是青蛙君却受伤了，失去了，也可能回到原来的混沌中，再不回来了！"

护士依然面带笑容，用毛巾揩去片桐额头上的汗。"您肯定喜欢青蛙君，是吧？"

"火车。"片桐口齿不灵地说，"比谁都……"随后，他闭上眼睛，沉入无梦的安眠之中。

蜂蜜派

1

"正吉熊弄到了多得吃不完的蜂蜜,就把它装进铁桶,下了山,进城去卖。正吉是采蜂蜜的高手。"

"熊怎么会有铁桶呢?"沙罗问。

淳平解释说:"碰巧有那么一个,在路上捡的——心想说不定什么时候能派上用场。"

"还真用上了。"

"就是。正吉熊进了城,在广场找到自己满意的位置,竖起一块牌子,开始卖蜂蜜。牌子上写着:'美味天然蜂蜜 每杯二百日元'。"

"熊会写字?"

"No，熊不会写字。"淳平说，"求旁边一位老伯用铅笔写的。"

"会算账？"

"Yes，账是会算的。正吉从小由人饲养，说话啦算账啦什么的都学会了，再说本来就聪明。"

"那，跟普通熊有点儿不一样喽？"

"嗯，跟普通熊略有不同。正吉是比较特殊的熊，所以，周围不特殊的熊多少有些孤立它。"

"孤立它？怎么回事？"

"孤立它就是：'什么呀，那家伙，瞧那个臭美劲儿！'这么一说，大家就用鼻子一哼，把它晾在一边，硬是相处不来。尤其那个捣蛋鬼敦吉，更是看不上正吉。"

"正吉怪可怜的。"

"是蛮可怜的。可是，外表上毕竟是熊，人也瞧不起它。人们心想：就算能算账能讲人话，说到底不也还是熊！哪边都不欢迎它！"

"那就更可怜了。正吉没有朋友？"

"没有朋友。熊不上学,没地方找好朋友。"

"我可有幼儿园朋友。"

"当然,"淳平说,"你当然有幼儿园朋友。"

"淳叔,你有朋友的?"淳平叔叔这叫法太长,沙罗索性简称淳叔。

"你爸爸很早以前就是我最要好的朋友,另外你母亲也同样跟我要好。"

"那就好,有朋友就好。"

"正是。"淳平说,"有朋友就好,你说得对。"

淳平经常在沙罗睡觉前讲即兴的故事,讲的过程中每有不明白的,沙罗就要提问,淳平耐心地一个个解答。提问十分尖锐而饶有兴味,考虑如何解答时可以想出下面的情节。

小夜子拿来温过的牛奶。

"正讲正吉熊呢,"沙罗告诉母亲,"正吉是采蜜高手,可是没有朋友。"

"唔。正吉可是大熊?"小夜子问沙罗。

沙罗不安地看着淳平:"正吉可是大的?"

"不怎么大。"淳平说,"总的说来,算是小块头,差不多和你一般大。性格也老实。音乐也不听朋克和硬摇滚什么的,一个人听舒伯特。"

小夜子哼起《鳟鱼》的旋律。

"你说正吉听音乐,它可有 CD 唱机什么的?"沙罗问淳平。

"在哪里碰到一台别人扔的收录机,就捡回家去了。"

"会有那么多东西碰巧扔在山上?"沙罗用有些怀疑的语气问。

"山又高又陡,爬山的人都累得东摇西晃,就把多余的东西一件接一件扔在路旁——'受不了了,重得要死。铁桶不要了,收录机不要了。'所以,需要的东西一般都能在路上拾到。"

"妈妈也很理解那种心情。"小夜子说,"有时候我也恨不得什么都扔了。"

"沙罗不会。"

"你贪心嘛。"小夜子说。

"我不贪心。"沙罗抗议。

"那是因为沙罗年纪还小,干劲十足。"淳平换上稳妥些的说法,"不过快喝牛奶吧,喝牛奶就接着给你讲正吉熊的故事。"

"我喝。"说着,沙罗两手捧过玻璃杯,像模像样地把温牛奶喝了,"可是,正吉干嘛不做蜂蜜派卖呢?卖蜂蜜派肯定比卖蜂蜜更让城里人高兴。"

"有道理,利润也大。"小夜子微微笑道。

"以附加值开发市场——这小家伙能当创业的老板。"淳平说。

沙罗上床重新入睡已经快半夜两点了。淳平和小夜子看孩子睡了,面对面坐在厨房餐桌旁各喝一半易拉罐啤酒。小夜子不大能喝酒,而淳平马上要开车返回代代木上原。

"半夜叫你出来,真是抱歉。"小夜子说,"不知道怎么办才好。筋疲力尽,不知所措,除了你想不起能让沙罗镇静下来的人,又不好给高槻打电话,是吧?"

淳平点下头,喝口啤酒,拿一块碟里的苏打饼干吃了。

"我这边你用不着介意。反正天快亮时才睡,半夜路上又空,不费什么事。"

| 蜂蜜派 |

"工作来着?"

"算是吧。"

"写小说?"

淳平点点头。

"顺利?"

"老样子。写短篇,登在纯文学刊物上,谁都不看。"

"你写的东西,我可是一篇不拉地看了。"

"谢谢,你是个好心人。"淳平说,"也罢,毕竟短篇小说这种形式正一步步落后于时代,就像可怜的计算尺。不过算了,还是谈谈沙罗吧。今晚这样的情况有过几回了?"

小夜子点点头:"不是几回那么容易应付的,近来差不多天天这样。一过半夜就歇斯底里地一下子爬起来,浑身发抖,好半天平复不下来,怎么哄都还是哭个不停。真是束手无策。"

"想得出原因?"

小夜子把剩下的啤酒喝掉,看一会空了的玻璃杯:"我想大概是看神户大地震报道看过头了的关系。那种图像对四岁小女孩来说终究刺激性太强了。因为半夜醒来恰恰是从发生地震的时候开始的。

沙罗说是一个她不认识的叔叔把自己叫醒的——就是地震人。那个人把沙罗叫醒，要把她装到小箱子里去，箱子又不大，无论如何也装不下一个人。所以沙罗说不想进去，结果那个人就拽过她的手，咯嘣咯嘣把关节折起来硬往里塞。于是沙罗一声惊叫醒来了。"

"地震人？"

"是的，说是一个细细高高上年纪的男人。做了那个梦之后，沙罗把家里的灯全部打开，到处找来找去。壁橱、鞋柜、床下、抽屉……统统搜个遍。再说是梦她也不信。搜完一遍，弄明白哪里也没藏着那个男人，这才能放心睡觉，而这要折腾两个小时。我一直睁眼看着，慢性睡眠不足，迷迷糊糊，工作也干不下去。"

小夜子如此明显地流露感情是很少有的事。

"尽量别看电视新闻。"淳平说，"电视机也最好关一段时间。眼下哪个频道都有地震图像出来。"

"电视那东西几乎不看了。可还是不行，地震人还是来。找医生看了，只是安慰性地给了安眠药什么的。"

淳平就此思索片刻。

"如果方便，这个星期天去动物园如何？沙罗说想看一次真正的熊。"

小夜子眯缝起眼睛看着淳平："不坏。也好换一下心情。嗯，就四个人去动物园好了，很久没去了。高槻那边你来联系？"

淳平三十六岁，在兵库县西宫市出生长大，住在夙川幽静的住宅区。父亲经营钟表宝石装饰店，在大阪和神户各开了一家。淳平有个相差六岁的妹妹。他从神户一所以升学为目的的私立学校毕业，考取了早稻田大学。商学院和文学院两边都录取了，他毫不犹豫地选择了文学院，而对父母则谎称进了商学院，因为说文学院很难领到学费。淳平也曾打算用四年好好学一学经济运行方式，但他的爱好是文学，进一步说来，是当小说家。

在公修课班上他交了两个好友。一个是高槻，另一个是小夜子。高槻是长野人，高中时代是足球部主力，高个宽肩。高中毕业时没考上大学，拖了一年，所以比淳平大一岁。人很现实，做事果断，加上一副讨人喜欢的长相，在哪个圈子里都自然而然是挂帅人物。但读书读不来，来文学院是因为别的学院没考上。"不过没关系，我打算当记者，在这里学写文章好了。"他乐观地说。

至于高槻何以对自己发生兴趣，淳平不得其解。淳平这个人一有时间就独自闷在房间里看书听音乐，永远乐此不疲，运动则不擅长。由于怕见生人，怎么都交不上朋友。但不知何故，高槻在第一个班上一眼就看中淳平，决心把他当作朋友。他向淳平打招呼，轻拍肩膀邀他一起吃点什么。两人当天就成了能够推心置腹的朋友。一句话，投缘。

高槻陪着淳平用同样方法接近小夜子，轻拍肩膀邀她一起吃点什么。这么着，淳平高槻小夜子三人结成了亲亲密密的小圈子。三人总是共同行动，互相对听课笔记，一起在学院食堂吃午饭，下课在酒吧谈论未来，在同一个地方打零工、看夜场电影、听摇滚音乐会，在东京街头漫无目标地闲逛，在大排档啤酒屋喝啤酒喝到心里难受。也就是说，大凡世界上大一学生干的事都干了。

小夜子生于浅草，父亲经营和服饰物店。几代相传的老店铺，有名的歌舞伎演员都对其情有独钟。两个哥哥，一个准备继承店铺，一个从事建筑设计。她从东洋英和女子学院高中部毕业，进了早稻田大学文学院，打算考研究生院英文专业，走搞学问的路，书也看得多。淳平和小夜子交换各自看的书，兴致勃勃地谈论小说。

小夜子是个长着一头秀发和一对聪颖的眼睛的姑娘,说话直率而温和,但很有主见,这点看其表情丰富的嘴角即一目了然。衣装总是那么普普通通,也不化妆,不是引人注目的那一类型,但具有独特的幽默感,开轻松玩笑的时候,一瞬间脸会很淘气地改变表情。淳平觉得那样子很美,坚信她正是自己寻觅的女性。遇到小夜子之前,他一次也未曾坠入情网。他就读于男校,几乎没有结识女性的机会。

但是,淳平没能向小夜子表白自己的心意,生怕一旦出口就再也无可挽回,小夜子很可能跑去自己接触不到的地方。即使不至于那样,恐怕也将微妙地损坏高槻、自己和小夜子之间眼下形成的融洽惬意的关系。暂且这样不也蛮好么,淳平这样想道,看一下情况再说吧。

先动起来的是高槻。"这种事突然当面提起心里很不是滋味,可我喜欢小夜子。这,不要紧的?"高槻说。是九月中旬的事。他向淳平解释说暑假淳平回关西期间,由于偶然的机会两人关系有了深入发展。

淳平盯视了一会儿对方的脸。理解事态花了好一会儿时间。而理解之后，事态便铅一样重重地吃进了他的全身。这上面已别无选择。"不要紧的。"淳平回答。

"这就好了。"高槻微微笑道，"担心的就是你——好容易有了那么好的关系，可我就像擅自脱缰了似的。不过淳平，这东西早晚都要发生的，你得理解。就算现在不发生，也总有一天要发生的。好了，不说这个了，我想我们三人还是要像过去那样交往下去，好么？"

往下几天时间，淳平过得就像在云端里行走。上课没去，打工也单方面停了，在六张榻榻米大的房间里整整躺了一天。除了电冰箱里剩的一点点东西，别的什么也没吃，不时忽然想起似的喝一口酒。淳平认真考虑是否退学，跑到遥远的、一个认识的人也没有的地方干体力活了此一生。他觉得那对自己是最合适的活法。

不到班上露面的第五天，小夜子来到淳平的宿舍。她穿一件深蓝色运动衫，一条白色棉布裤，头发在脑后束起。

"怎么一直不来上学了？大家都担心你死在宿舍里了。所以高槻叫我来看看。他本人像是不敢看尸体的。别看他那样，其实有时候相当胆小的。"

淳平说身体不舒服。

"那么说，好像真瘦了不少。"小夜子细看他的脸，"给你做点吃的可好？"

淳平摇摇头，说没有食欲。

小夜子打开电冰箱往里一看，不由皱起了眉头。电冰箱里只有两听易拉罐啤酒和蔫头耷脑的黄瓜和除臭剂。小夜子在淳平旁边弓身坐下："我说淳平，倒是说不好，就是说，你怕是因为我和高槻的事心里不好受吧？"

不是不好受，淳平说。并非说谎。他没有感到不好受或为之气恼。如果气恼的话，那也是对于自己本身。高槻和小夜子成为一对恋人莫如说是理所当然的事，水到渠成。高槻有那个资格，自己没有。

"嗳，啤酒来一半可以吧？"小夜子说。

"可以。"

小夜子从电冰箱里拿出啤酒，分别倒在两个杯里，一个递给淳平。两人各自默默喝啤酒。

小夜子说："淳平，再说这个是挺难为情的，往后我也想和你做好朋友。不但现在，年纪大了也一样，永远。我喜欢高槻，同时也在另一个意义上需要你。这么说，你觉得我未免自私自利吧？"

淳平不大明白，姑且摇了下头。

小夜子说："理解什么和能够把它变成肉眼看得到的形式，到底不是一回事。假如这两方面都能同样得心应手，人生大概就会更简单些了……"

淳平看着小夜子的侧脸。他弄不明白小夜子想表达什么，心想为什么自己血液循环这么差呢？他仰望天花板，怅怅地看着那里的污渍形状，看了许久。

假如自己赶在高槻之前向小夜子表白自己的心意，事态到底将怎样发展呢？淳平无从判断。他所明白的只是这样一个事实：那种情况归根结蒂并没有发生。

响起眼泪掉在榻榻米上的声音，奇怪的是声音竟那么响。刹那间，淳平以为自己不知不觉之间哭了。不料哭的是小夜子。她把脸伏在膝间，不出声地抖动双肩。

淳平几乎下意识地伸手放在小夜子肩上，轻轻搂过她的身体。

没有抵触感。他双臂抱住小夜子，嘴唇按在她的唇上。小夜子闭起眼睛，微微张口。淳平嗅着她的泪水味儿，从唇间深深吸入她呼出的气。胸口感觉出小夜子一对乳房的柔软。脑袋里有一种什么东西发生剧烈更替的感触，声音也听到了——仿佛全世界的关节一齐吱咂作响。但仅此而已。看样子小夜子意识清醒过来了，她伏下脸推开他的身体。

"不成，"小夜子低声说着，摇了下头，"那是不合适的。"

淳平道歉。小夜子再没说什么。两人就以那样的姿势久久沉默不语。有收音机的声音从打开的窗口随风传来。一首流行歌曲。淳平想，自己肯定至死都忘不了这首歌。然而实际上不出几天他就无论如何也想不起那首歌的旋律了。

"不必道歉，怪不得你的。"小夜子说。

"我怕是神志不清了，我想。"淳平老实承认。

小夜子伸出手，放在淳平手上。

"明天能去学校？我从来不曾有过你这样的朋友，你给了我许许多多，这点你要明白。"

"可光那样是不够的。"淳平说。

"不是的,"小夜子低下头,无可奈何似的说,"不是那么回事。"

淳平第二天就到班上去了。于是淳平高槻小夜子三人的亲密关系一直持续到大学毕业。淳平一度产生的恨不得径自消失到哪里去的念头也很快不翼而飞,快得令人惊异。他心中的什么已通过在宿舍抱着小夜子接吻而安顿在了相应的地方,至少再无须困惑了。决断已然做出,尽管做决断的不是他本身。

小夜子给淳平介绍她高中时代的同学,有时来个四人约会。淳平开始同其中的一个交往,并有了最初的性爱体验。那是在他快过二十岁生日的时候。然而他的心始终在别处。对待恋人,淳平总是彬彬有礼、善解人意,但满怀激情或一往情深的时候从来不曾有过。淳平满怀激情或一往情深只是在一个人写小说的时候才有。时过不久,恋人便离开他去别处寻求真正的体温了。同一情形重复了几次。

大学毕业后,他没上商学院而上文学院一事真相大白,淳平和父母的关系变得剑拔弩张。父亲要淳平返回关西继承家业,而他没那个打算，说要在东京继续写小说。双方没有达成妥协的余地，结果吵得一塌糊涂，不该说的话也说了。自那以来再没见面。淳平觉得，虽说是父子，但也不能保证一直相安无事。他和妹妹不同，妹妹跟父母非常合拍，而他从小就每每同父母顶撞。恩断义绝不成？淳平苦笑着想，很有些像大正时期的文人。

淳平没找工作，一边打零工维持生计一边写小说。当时的淳平每次写出作品总是先给小夜子过目，听她直言不讳地评论，而后按她的建议修改，改得十分细致耐心，直到她说"可以了"。淳平既没有小说指导老师又没有同伴，唯独小夜子的建议勉强算是导航灯。

二十四岁时写的一个短篇小说得了纯文学杂志的新秀奖，并获芥川奖[1]提名，其后五年时间共被提名四次。成绩不俗。然而最终未能获奖，成了老牌强势候补。其代表性评语是这样的："作为这个年龄的新人，行文考究，场景和心理描写亦有可圈可点之处，但随处有流于感伤的倾向，缺乏有冲击力的鲜活感和小说式的深度。"

高槻看了这评语笑道："我看这些家伙脑袋瓜子走火入魔了。

---

1 日本纯文学作品的最高奖项，每年上下半年度各评选一次。

所谓小说式的深度到底是什么？社会上的正常人可是不用这种字眼的哟！今天的火锅缺乏寿喜锅的深度——要这么说不成？"

三十岁前淳平出了两本短篇小说集，第一本叫《雨中马》，第二本叫《葡萄》。《雨中马》卖了一万册，《葡萄》卖了一万二千册。责任编辑说作为刚起步的纯文学作家的短篇集，这个数字已够可以了。报刊上的书评基本上抱以好意，但热烈的鼓吹并没有出现。

淳平笔下的短篇小说，主要写青年男女之间无果而终的爱情原委，结局总是令人黯然神伤。无论谁都说写得不错，然而无疑游离于文学主流之外。风格偏重抒情，情节略带古典韵味。而同时代一般读者需求的是更为生龙活虎更为耳目一新的笔调和故事。毕竟是电子游戏和说唱音乐时代。编辑劝他写长篇小说。若一个劲儿写短篇，题材势必大同小异，小说格局亦将随之羸弱，而这种时候往往就要通过长篇创作拓展新天地。即便从现实方面而言，长篇也容易比短篇吸引世人目光。倘若打算作为职业作家长期干下去，仅写短篇前景未免严峻，因为光靠短篇维持生计实非易事。

| 蜂蜜派 |

　　但淳平是天生的短篇作家。他闷在房间里，抛开一切杂务，在孤独中屏息三天写出第一稿，再花四天时间定稿。往下当然要给小夜子和编辑看，反复精雕细琢。不过一般说来，短篇小说在最初一星期内就见分晓，关键东西无不在一星期内取舍定下，这样的活计适合他的性格：短时间精力高度集中，形象和语言高度浓缩。而想到创作长篇，淳平屡屡感到困惑——几个月或差不多一年时间里到底如何保持精力集中并且疾缓有致呢？他无法把握步调。

　　也有几次试图创作长篇，但每次都败退下来，淳平只好作罢。情愿也罢不情愿也罢，看来只能作为短篇作家活下去了，自己就是那一类型，无论怎么努力都不可能成为另一个人，一如再好的二垒手也无法击出本垒打。

　　淳平过着简朴的单身生活，不需要很多生活费。只要必需开支有保障，他就不接更多的活计。养一只不爱叫的猫。结交要求不多的女友，若仍不遂意，便找时机分手。一个月偶有一两次在奇妙的时间醒来，心情格外不安，切切实实地感到自己再怎么挣扎也哪里都到达不了。那种时候他就强行伏案工作，或喝酒喝到支撑不住。

145

除此以外，他的人生可谓风平浪静，并无破绽。

高槻称心如愿地定下了去一家一流报社工作。因为不用功，学习成绩很难令人欣赏，但面试印象绝佳，所以转眼就内定了。小夜子也称心如愿地上了研究生院。毕业半年后两人结了婚。婚礼一派高槻风格，欢天喜地热闹非凡。新婚旅行去了法国。正可谓春风得意。他们在高圆寺买了两室公寓套间，淳平每星期去那里玩两三回，一起吃晚饭。新婚夫妇打心眼里欢迎淳平的来访。看上去与其两人单独相处，还不如有淳平加进来更为其乐融融。

高槻的新闻记者工作干得甚是开心。先被分在社会部，这个现场那个现场跑来跑去。他说那期间目睹了许多尸体，以致后来看见尸体也无动于衷了。七零八落的压死者尸体，焦头烂额的烧死者尸体，腐烂变色的陈旧尸体，胀鼓鼓的溺水者尸体，火药枪掀飞脑浆的尸体，锯断脖子和双臂的尸体。"活着的时候多少有所差异，死了都一样，都是被扔弃的肉壳。"

由于太忙了，他时常第二天早上才回家，那时候小夜子往往给淳平打电话。淳平往往天亮才睡，小夜子知道这点。

"正忙着？聊聊可好？"

"好好，也没特别忙什么。"淳平总是这样应道。

两人聊近来看的书，聊各自日常生活中出现的事，聊往事，聊所有人都自由散漫充满突发性的青春时代发生的事。关于未来则几乎不聊。每次如此闲聊，怀抱小夜子时的记忆就会在某一时间点复苏过来。嘴唇滑润的感触、泪水的味道、乳房的柔软，一切历历如昨，伸手可触，甚至可以再次目睹到射在宿舍榻榻米上的初秋明净的阳光。

过三十岁不久小夜子怀孕了。当时她在大学里当助教，请假生了个女孩。三人分别思考孩子的名字，最终用了淳平提议的"沙罗"。小夜子说音节好听。平安分娩那天夜里，淳平和高槻在没有小夜子的公寓单独——已经很久没这样了——对坐喝酒。两人隔着厨房餐桌，喝光了淳平作为贺礼带来的一瓶单一麦芽威士忌。

"时间怎么转瞬之间就过去了？"高槻深有感触地说。这在他是少见的。"感觉上就像刚进大学似的。在那里遇到了你，遇到了小夜子……可是一回过神，小孩都有了，我当上了父亲。活像看速放电影，感觉很是奇妙。不过你怕是不明白啊，你好像还在继续学生生活。羡慕死了！"

"没什么值得你羡慕的。"

但淳平理解高槻的心情。小夜子成了母亲，这对于淳平是个令他感到震撼的事实，说明人生的齿轮咔嚓一声往前转了一圈，再也无法返回原处。至于对此该怀有怎样的感慨，淳平还不大清楚。

"到现在了我才说，其实跟我比，小夜子本来更为你所吸引，我觉得。"高槻说。他已醉到相当程度，但眼神却比平时认真。

"何至于。"淳平笑道。

"不是何至于，这我明白。你是不明白。不错，你是能写一手乖觉漂亮的文章，可对于女人的心情，却比溺死者尸体还迟钝。不管怎样，我是喜欢小夜子，哪里也找不到能替代她的女人，所以志在必得。现在我也认为小夜子是世界上最好的女人，而且我有把小夜子搞到手的权利。"

"谁也没反对呀。"淳平说。

高槻点点头："不过你真的还没明白。为什么呢，因为你是个无可救药的傻瓜蛋。是傻瓜蛋也没关系，人并不坏。不说别的，女儿的名字就是你取的。"

"可话又说回来,关键的事情却全稀里糊涂。"

"正是正是,关键的事情你绝对蒙在鼓里。居然还能写出小说。"

"肯定小说是另一码事。"

"不管怎么说,这回我们是四个人了。"高槻轻叹一声,"如何?四这个数字真是正确的不成?"

2

得知高槻和小夜子关系破裂,是在沙罗迎来两岁生日稍前几天。小夜子有几分歉意似的对淳平如实说了出来。原来小夜子怀孕期间高槻就已有了情人,如今几乎不再回家。对方是单位女同事。但是,无论说得怎么具体,淳平都想不明白究竟怎么回事。为什么高槻另外找女人呢?沙罗降生那天夜里他还断言小夜子是世界上最好的女人,那又是发自肺腑之言。再说高槻溺爱女儿沙罗,何苦非抛弃家室不可呢?

"我时常来你们家一起吃饭,是吧?可是根本没嗅出那样的味道。看上去和和睦睦,在我眼里简直是近乎完美的家庭。"

"那是不错的。"小夜子文静地淡淡一笑,"那也并不是说谎演戏什么的。不过他是另外有个情人,而且事情已无可挽回。因此我们准备两相分开。你别过多担心,那样肯定更顺当些,在各种意义上。"

在各种意义上,她说。淳平心想,世界上真个充满着费解的话语。

几个月后,小夜子同高槻离了婚。两人之间达成了几项具体协议,没发生任何纠纷。没有相互指责,没有意见分歧。高槻离家同情人一起住,沙罗留在母亲这里。每星期高槻去高圆寺看一次沙罗,届时淳平尽可能作陪,这是三人间的一个默契。小夜子说那样对我们也轻松。那样更轻松?淳平觉得自己老了许多,尽管刚交三十三岁。

沙罗管高槻叫"爸爸",管淳平叫淳叔。四人组成了奇特的模拟家庭。每次相见,高槻都一如既往地谈笑风生,小夜子也若无其事地举止自如。在淳平看来,她倒像是比以前还要洒脱。沙罗还理解不了父母离婚是怎么回事,淳平也没特别表示什么,恰到好处地扮演着分配给自己的角色。三人仍像以前那样开玩笑、谈往事。淳平所能理解的，仅仅是这样的场合对所有人都是必不可少的。

"我说淳平，"回去路上高槻说，那是一月的夜晚，呼出的气都是白的，"你没有目标要和谁结婚？"

"眼下没有。"淳平说。

"有固定恋人？"

"我想没有。"

"怎样，不想和小夜子在一起？"

淳平像晃眼睛似的看着高槻的脸："什么意思？"

"什么意思？"对方倒似乎吃惊了，"什么什么意思？明摆着的意思嘛。不说别的，我可不希望除你以外的人当沙罗的父亲。"

"就为这个要我同小夜子结婚？"

高槻叹了口气，把粗胳膊搭在淳平肩上："不愿同小夜子结婚？不愿当我的后任？"

"不是那个意思，只是觉得像做交易似的谈这种事是不是合适。属于 decency[1] 问题。"

"不是做交易，"高槻说，"同 decency 也无关。你喜欢小夜子

1　意为体面、礼仪、社会上高尚文雅行为的标准。

吧？也喜欢沙罗吧？不对？难道这不是最重要的？或许你自有你的一套啰啰嗦嗦的想法做法，这我理解。依我看，不过像是穿着长裤脱短裤罢了……"

淳平一言未发，高槻也沉默下来。高槻沉默这么久是很少有的事。两人吐着白气，并肩往车站走去。

"不管怎么说，你反正是个莫名其妙的傻瓜蛋。"淳平最后说。

"可以那么说。"高槻应道，"实际也是那样，不否认。我是在损毁自己的人生。不过么淳平，这是奈何不得的事，欲罢不能的事。为什么发生这样的事，我自己也稀里糊涂，辩解都辩解不了，然而发生了。即使不是现在，迟早在哪里也要发生的。"

淳平心想，同样的台词以前也听过。"你清楚地说过小夜子是世界上最好的女人，沙罗出世那天夜里说的，是吧？不记得了？说她是无可替代的女人。"

"现在也同样，这一点无任何变化。问题是，即使那样也合不来的情形世上也是存在的。"

"这么说了我也不明白。"

"你永远都不明白。"说罢,高槻摇摇头。最后一句话总是他说。

两人离婚两年了。小夜子没回大学,淳平求认识的编辑把翻译任务转给小夜子,小夜子完成得很好。她不但有语言天赋,行文也够畅达,做事迅速、认真、井井有条。编辑佩服小夜子的工作效果,第二个月便把够分量的文学翻译交给了她。稿酬虽然不高,但加上高槻每月送来的生活费,母女两人生活不成问题。

高槻小夜子淳平依旧每星期聚会一次,加上沙罗一起吃饭。高槻有急事来不了,那时候就小夜子淳平沙罗三人一块儿吃。高槻不在,餐桌顿时安静下来,有了日常生活气息,也真是不可思议。若有不明真相的人在场,肯定以为是真正的一家子。淳平继续稳扎稳打地写小说。三十五岁时出版了第四本短篇集《沉默的月亮》,得了面向中坚作家的一个文学奖。其中与书名同题的短篇还将搬上银幕。他还利用小说创作间隙出了几本音乐评论集,写了关于庭园的专著,翻译了约翰·厄普代克的短篇集,无不获得好评。他有了自己的风格,能够将声音深邃的回响和光线微妙的色调置换成简洁而有说服力的文字。读者固定下来了，收入也相应稳定了，他一步一个脚印地巩固了作为作家的地盘。

　　淳平一直在认真考虑向小夜子求婚的事，好几次考虑了整整一夜，天亮仍难以成眠，有一时期几乎无法投入工作。然而他还是下不了决心。想来，淳平同小夜子的关系自始至终都是由别人决定的，他总是处于被动位置。把小夜子引见给他的是高槻，高槻从班里挑出两人，组成了三人小圈子。之后高槻得到了小夜子，结婚、生小孩、离婚，而今又劝淳平和小夜子结婚。当然淳平是爱小夜子的，这点毫无疑问。现在确是同她结合的绝好机会，料想小夜子不至于拒绝他的请求，这点也很清楚。可是淳平认为这样未免好过头了。没办法不这样认为。他本身决定的事项究竟何在呢？他困惑不已。得不出结论。后来地震来了。

　　地震发生时，淳平正在西班牙为一家航空公司的内部刊物去巴塞罗那采访。傍晚回宾馆打开电视看新闻，出现了房倒楼塌的市区和腾空而起的浓烟，简直同空袭后的景象无异。播音员说西班牙语，淳平一时判断不出是哪里的城市，不过怎么看都是神户。几幕有印象的场景扑入眼帘，芦屋一带的高速公路塌落下来。

"你是神户一带出生的吧？"同行的摄影师说。

"是的。"

但是他没往老家打电话。同父母之间的隔阂实在太深，持续得也实在太久了，已见不到言归于好的可能性。淳平乘飞机返回东京，继续往日的生活。电视不开，报纸也不细看。有人提起地震，他就缄口不语。那是来自早已葬送的过去的余响。大学毕业以来他甚至一步也不曾踏入故乡那座城市。尽管如此，电视上推出的废墟还是让他内心深处的伤痕活生生地呈露出来了。那场巨大而致命的灾难仿佛使他的生活发生了静静的、然而是来自脚下的变化。淳平感到从未有过的绝望。没有根啊，他想，同哪里也连不到一起。

讲好去动物园看熊的星期日早上，高槻打来电话。"必须马上飞去冲绳，"他说，"县知事答应单独接受采访，好容易安排出一个小时。对不起，动物园我就算了，只能你们去了。我不去的话，熊大人也不至于怎么怏怏不乐吧？"

淳平和小夜子领沙罗去上野动物园。淳平抱起沙罗让她看熊。

"那个就是正吉？"沙罗指着块头最大的漆黑漆黑的马熊问。

"不，那个不是正吉。正吉块头要小些，模样也更机灵。那是捣蛋鬼敦吉。"

"敦吉君！"沙罗朝马熊喊了几声。马熊毫不理会。沙罗转向淳平："淳叔，讲敦吉的故事。"

"不好讲啊。说实话，敦吉身上可没有多少有趣的故事。敦吉是普普通通的熊，和正吉不一样，不会说话，不会算账。"

"可总会有一点好的地方吧？"

"那的确是的，"淳平说，"你说得对，再普通的熊也总有一两个优点。对了对了，忘了，这个吉敦……"

"敦吉！"沙罗尖声纠正。

"抱歉。这个敦吉嘛，唯独抓鲑鱼有两下子。在河里躲在大石头背后，一把就抓一条鲑鱼。抓鲑鱼一定要眼明手快才行。敦吉虽说脑袋不太好使，但比所有住在山里的熊抓的鲑鱼都多，多得吃不完。可是不会说人话，不能把多余的鲑鱼拿去城里卖。"

"那还不简单，"沙罗说，"把多余的鲑鱼跟正吉的蜂蜜交换就行了么。正吉的蜂蜜也多得吃不完，是吧？"

"是的是的，正是。敦吉想到的跟你想到的一样。两个就拿鲑鱼和蜂蜜来交换，那以后它们两个就更加互相了解了：原来正吉绝不是莫名其妙的家伙，敦吉也不单单是捣蛋鬼。这么着，它们成了好朋友，一见面就说好多好多话。互相交换知识，互相开玩笑。敦吉拼命抓鱼，正吉拼命采蜜。不料有一天，鲑鱼从河里消失了，可以说是晴天霹雳。"

"晴天……"

"晴天霹雳。突然的意思。"小夜子解释说。

"全世界的鲑鱼全都聚在一起商量，决定不去那条河了，因为那条河有专门会逮鲑鱼的敦吉。打那以来，敦吉一条鲑鱼也抓不到了，顶多有时候抓只瘦青蛙充饥，世上再没有比瘦青蛙更难吃的了。"

"可怜的敦吉君。"沙罗说。

"结果，敦吉就被送到动物园来了？"小夜子问。

"到那一步话还早着呢，"说着，淳平咳一声清清嗓子，"不过基本上是那么回事。"

"正吉没有帮助有困难的敦吉？"沙罗问。

"正吉想帮助敦吉，当然想的，好朋友嘛。朋友就是要互相帮助。正吉把蜂蜜白分给敦吉。敦吉说：'那不成，那样就靠你的好意活着了。'正吉说：'别说那种见外的话。假如处境倒过来，你也会同样这样做的。不是吗？'"

"那是。"沙罗使劲点头。

"可是那样的关系不会长久。"小夜子插嘴道。

"那样的关系不会长久。"淳平说，"敦吉说：'我和你应该以朋友相待。一方光是给予，另一方光是接受，就不是真正的朋友关系了。我下山去，正吉。想在新地方重新试一次自己。如果再在哪里遇上你，就让我们在那里再次成为好朋友。'两人握手告别。可是下山的时候，不了解人世情况的敦吉被猎人用圈套逮住了。敦吉失去自由，被送到动物园来了。"

"可怜的敦吉。"

"就没有更好的办法？大家都能幸福生活的办法？"小夜子随后问道。

"还没想起来。"淳平说。

| 蜂蜜派 |

这个星期日的晚饭,三人照例是在阿佐谷小夜子的公寓里吃的。小夜子哼着《鳟鱼》的旋律煮通心粉、把番茄酱解冻,淳平做扁豆元葱色拉。两人打开红葡萄酒各倒一杯,沙罗喝橙汁。收拾好碗筷,淳平给沙罗读连环画,读完时已经到了沙罗睡觉时间,但她拒绝睡觉。

"妈妈,把胸罩解开。"沙罗对小夜子说。

小夜子脸红了:"不行,在客人面前怎么好那样。"

"瞧你说的,淳叔又不是客人。"

"什么呀,那?"淳平问。

"无聊游戏。"小夜子说。

"穿着衣服解下胸罩,放在桌子上,再戴上。一只手必须总放在桌子上不动,看用多长时间。妈妈做得妙极了。"

"乱弹琴!"小夜子摇头道,"家里边随便玩玩罢了,在别人面前搞那名堂怎么成。"

"不过蛮有意思嘛。"淳平说。

"求求你,也让淳叔看看。一次就行。做一次我马上上床睡觉。"

"没办法。"说着,小夜子摘下电子手表递给沙罗。"真的要乖乖睡哟！那，说声预备就开始，看着时间。"

小夜子穿着一件黑色圆领毛衣。她双手放在桌面上，说了声"预备"，然后先右手像甲鱼一样哧溜溜钻进毛衣袖，在背部做出轻轻搔痒的姿势。继而拿出右手，这回把左手伸进袖口，绕脖子轻转一圈，又从袖口退出，手里边拿着白色胸罩。委实敏捷得很。胸罩不大，没有钢丝支撑，即刻又被塞入袖口，左手从袖口退出。接下去右手进入袖口，在背部社会窸窸窣窣地动了动，旋即右手退出，至此全部结束，两手在桌面上合拢。

"二十五秒。"沙罗说，"妈妈，好厉害的新纪录。原来最快才三十六秒。"

淳平鼓掌："不得了，简直是魔术。"

沙罗也拍手。

小夜子站起来说："好了，计时表演结束。按刚才讲定的，上床睡觉。"

睡前沙罗在淳平的脸颊亲了一口。

见沙罗已发出熟睡的呼吸声，小夜子返回客厅，对淳平坦白说:"说实话,我耍滑头来着。"

"耍滑头?"

"胸罩没再戴。装出戴的样子,却顺着毛衣下摆滑到了地上。"

淳平笑道:"狡猾的母亲!"

"人家想创新纪录的么!"小夜子眯起眼睛笑道。她已许久没露出这么自然的笑容了。时间之轴如拂动窗纱的风一般在淳平心中摇曳。淳平伸手放在小夜子肩上,她马上抓起那只手。随后两人在沙发上抱在一起,水到渠成地相互搂紧对方的身体,贴住嘴唇。较之十九岁的时候,一切仿佛没有任何变化。小夜子的嘴唇发出同样的清香。

"一开始我们就该这样来着,"移到床上后,小夜子悄声说道,"可你——唯独你——不懂,什么都不懂,直到鲑鱼从河里消失。"

两人脱光衣服,静静地抱在一起,就像生来初次交合的少男少女一样,笨手笨脚地互相触摸对方身体的所有部位。花了很长时间看好摸好之后,淳平这才进入小夜子体内。她迎合似的接受了他。但淳平很难认为这是现实中发生的事,恍惚觉得是在淡淡的天光中走一座永无尽头的无人的桥。只要淳平身体一动,小夜子就随之而动。几次险些一泄而出,淳平勉强才控制住。他觉得,一旦泄出,梦就会醒来,一切就会消失不见。

这当儿,背后传来轻微的吱呀声——卧室门悄然打开的声音。走廊灯光呈打开的门的形状射在凌乱的床罩上。淳平欠起身回头一看,见沙罗背对光站着。小夜子屏住呼吸,收腰让淳平拔出,然后把床罩拉到胸部,用手拢一下头发。

沙罗没哭也没喊,只是站在那里,右手紧攥球形门拉手,目视两人。但她实际上什么也没看,目光只是对着某处的空白。

"沙罗。"小夜子招呼一声。

"伯伯叫我来这里的。"沙罗说。声音平板板的,犹如直接从梦中拧下来的什么人。

"伯伯?"小夜子问。

"地震伯伯。"沙罗说,"地震伯伯来了,叫醒**沙罗**,让我告诉妈妈:正打开箱盖等着大家呢。还说这么一讲妈妈就晓得的。"

这天夜晚,沙罗睡在小夜子床上。淳平拿毛毯睡在客厅沙发上，但睡不着。沙发对面是一台电视，他久久地盯视着电视死去的荧屏。他们就在其背后。淳平心里明白。他们打开箱盖等待。他脊背上一阵发冷，过了好久也没有暖和过来。

淳平索性不睡了，去厨房做咖啡。坐在餐桌前喝咖啡的时间里，他发现脚下掉着一个瘪瘪的什么东西。小夜子的胸罩。仍是做游戏时那个样子。他拾起来，搭在椅背上。了无装饰的、款式简洁的、失去意识的白色内衣。尺寸不怎么大。搭在黎明前的厨房椅背上的它，俨然一个匿名证人，一个早已逝去的某段时光所遗留下来的证人。

他想起刚进大学时的事，耳畔响起在班上第一次见面时的高槻的声音。"喂，一起吃饭去。"他声音温和地说，脸上浮现出一见如故的讨人喜欢的笑容，仿佛在说这个世界将一天比一天美妙起来。那时我们在什么地方吃什么东西来着？淳平记不得了。不是什么了不起的东西，这点倒是可以肯定。

"干嘛找我吃饭？"当时淳平问道。

高槻微微一笑，很自信地用食指戳着自己的太阳穴："我具有一项才能，无论何时何地都能找到地道的朋友。"

高槻没说错，淳平把大号咖啡马克杯放在面前想道，他确实具有发现地道朋友的才智。但仅仅这样是不够的，在人生这条漫长的旅途中，持续爱一个人和发现地道的朋友还是两回事。他闭目合眼，开始思考从自己身上通过的漫长的时间。他不愿意认为那是无谓的消耗。

天亮小夜子醒来就立刻向她求婚。淳平决心已定。再不能犹豫了，再不能浪费时间了，一刻也不能。淳平不出声地打开卧室门，看着裹在被子里熟睡的小夜子和沙罗。沙罗背对着小夜子，小夜子手轻轻放在她肩上。淳平抚摸小夜子落在枕上的秀发，又用指尖碰了碰沙罗粉红色的小脸蛋。两人都纹丝不动。他在床旁铺着地毯的地板上弓身坐下，背靠着墙，守护着睡眠中的两人。

淳平一边眼望墙上挂钟的时针，一边思索讲给沙罗听的故事的下文。正吉和敦吉的故事。首先要给故事找个出口。敦吉不应该被轻易送进动物园，必须得救才行。淳平再一次从头追溯故事的流程，如此时间里，脑中萌发了一个模模糊糊的念头，并一点点具体成形。

敦吉心生一计：用正吉采来的蜂蜜烤蜂蜜派好了。稍经练习，敦吉晓得自己有烤制脆响脆响的蜂蜜派的才能。正吉拿那蜂蜜派进城卖给人们。人们喜欢上了蜂蜜派，卖得飞快。这么着，敦吉和正吉不再两相分离，在山里边作为好朋友幸福地生活着。

沙罗想必喜欢这个新的结局，包括小夜子。

要写和以往不同的小说，淳平心想。天光破晓，一片光明，在那光明中紧紧地拥抱心爱的人们——就写这样的小说，写任何人都在梦中苦苦期待的小说。但此刻必须先在这里守护两个女性。不管对方是谁，都不能允许他把她们投入莫名其妙的箱子——哪怕天空劈头塌落，大地应声炸裂……

KAMI NO KODOMOTACHI WA MINA ODORU
by Haruki Murakami
Copyright © 2000 Harukimurakami Archival Labyrinth
All rights reserved.
Originally published in Japan by SHINCHOSHA Publishing Co., Ltd., Tokyo.
Chinese (in simplified character only) translation rights arranged with
Harukimurakami Archival Labyrinth, Japan
through THE SAKAI AGENCY and BARDON CHINESE CREATIVE AGENCY LIMITED.

图字：09－2002－070号

图书在版编目（CIP）数据

神的孩子全跳舞／（日）村上春树著；林少华译
.—上海：上海译文出版社,2021.9（2024.5重印）
ISBN 978－7－5327－8802－6

Ⅰ.①神… Ⅱ.①村… ②林… Ⅲ.①短篇小说—小说集—日本—现代 Ⅳ.①I313.45

中国版本图书馆 CIP 数据核字（2021）第 155687 号

神的孩子全跳舞
[日] 村上春树 著 林少华 译
责任编辑／姚东敏 装帧设计／千巨万工作室

上海译文出版社有限公司出版、发行
网址：www.yiwen.com.cn
201101 上海市闵行区号景路 159 弄 B 座
上海市崇明县裕安印刷厂印刷

开本 890×1240 1/32 印张 6 插页 3 字数 69,000
2021 年 10 月第 1 版 2024 年 5 月第 2 次印刷
印数：10,001—12,000 册

ISBN 978－7－5327－8802－6/I·5436
定价：48.00 元

本书中文简体字专有出版权归本社独家所有，非经本社同意不得连载、摘编或复制
如有质量问题，请与承印厂质量科联系。T：021－59404766